PÉPITES

Illustration de couverture : Philippe Marcelé

3, rue Bayard, 75008 Paris
ISBN : 2-7470-1635-8
Dépôt légal : septembre 2005

Anne-Laure Bondoux

PÉPITES

MILLÉZIME
BAYARD JEUNESSE

Anne-Laure Bondoux est née en 1971 et vit en région parisienne. Enfant, elle rêvait de faire le tour du monde, de devenir un indien, un cow-boy ou un chercheur d'or. Finalement, elle est restée en France, a fait des études de lettres, deux enfants et des livres. L'écriture est un moyen de transport commode ; une autre façon de chercher des « pépites ».

Du même auteur chez Bayard Éditions Jeunesse

Le destin de Linus Hoppe (2001), coll. « Estampille ».

La seconde vie de Linus Hoppe (2002), coll. « Estampille ».
Prix du roman jeunesse RTL.

Les larmes de l'assassin (2003), coll. « Millézime ».
Prix Sorcières, prix France-Télévision, et dix-sept autres prix régionaux.

La tribu (rééd. 2004), coll. « Estampille ».

chez d'autres éditeurs

La Princetta et le Capitaine (2004), Hachette Jeunesse.

La vie comme elle vient (2004), L'École des Loisirs.

Première partie

Chapitre 1

Chaque matin, Bella Rossa se réveillait en se demandant quelle nouvelle calamité allait lui tomber dessus.

Depuis vingt ans qu'elle était née et qu'elle vivait à Maussad-Vallée, elle avait connu les sécheresses, les inondations, les incendies, les invasions de sauterelles, les coulées de boue, les épidémies, les bagarres, les accidents, les famines... Sans compter ses ennuis personnels, qui, d'après elle, étaient bien pires.

Elle avait survécu à tout cela. Et chaque matin elle trouvait la force de s'extirper de son lit pour accomplir l'accablant travail de la journée. C'était comme ça. Bella Rossa était une force de la nature, une fille des Plaines, taillée pour résister aux tourments de l'existence.

Le soleil était à peine levé quand elle entama sa toilette. Elle ôta la chemise d'homme dont elle se couvrait la nuit et qui constituait un maigre rempart contre les puces du matelas. Une fois dévêtue, elle s'avança vers le coin de la pièce où, sur une planche vermoulue, trônaient un seau en fer, une cuvette, un torchon et un bout de savon racorni.

Au-dessus de la planche, Bella Rossa avait accroché le petit miroir qu'elle avait acheté à Romualdo Barbieri, le marchand ambulant. Ainsi, pas un jour ne passait sans qu'elle ait une pensée pour lui. Elle se souvenait de son chariot, des deux mulets qui le tiraient, et de toutes les merveilles entassées à l'arrière : les assiettes en porcelaine, les chandeliers en argent, les repose-couverts, les pinces à sucre, les carafes en cristal, les mouchoirs brodés et les tapis. Que de splendeurs !

Le problème, c'est qu'à Maussad-Vallée personne n'avait besoin de verres à pied, ni de fers à tuyauter : quand on avait soif, on buvait au goulot de la bouteille, et, franchement, à quoi bon repasser les salopettes crasseuses des gardiens de vaches ? Romualdo Barbieri avait vite compris qu'il n'aurait rien à tirer des fermiers du coin. Il était donc parti comme il était venu, en promettant toutefois de refaire le détour à l'occasion.

« Pff ! Cause toujours ! » avait songé Bella Rossa, qui n'accordait guère de crédit à la parole des Italiens, et encore moins à celle des colporteurs. Peu importait, d'ailleurs ! Ce que Barbieri avait laissé derrière lui, outre le petit miroir, comptait davantage que sa promesse : en s'égarant jusqu'à Maussad-Vallée, il avait semé une idée dans l'esprit de Bella Rossa.

Depuis, cette idée avait germé.

– Qu'est-ce qu'tu fabriques, charogne ? grogna soudain une voix dans la pièce voisine. J'crève de faim, moi !

C'était la même chose tous les matins ; Bella Rossa ne se donna pas la peine de répondre.

Elle versa l'eau du seau dans la cuvette, puis se pencha en bousculant de ses seins énormes le rebord. Dans la cuvette, l'eau tangua. Des éclaboussures mouchetèrent la planche, et Bella Rossa maudit une fois de plus cette poitrine faramineuse qui alourdissait son buste et lui empoisonnait l'existence depuis des années.

Dans la pièce voisine, la voix appela plus fort :

– Tu vas v'nir, sale teigne ?

Chaque matin, c'étaient les mêmes insultes. Bella Rossa se lava, se rinça. Elle jeta ensuite un coup d'œil vers le petit miroir pour constater les dégâts de la nuit sur sa tignasse rousse.

– J'vais te corriger, tu m'entends, pouilleuse ?

Bella Rossa arrangea lentement sa coiffure à l'aide d'un peigne en bois. Il y manquait des dents, mais ça faisait l'affaire. Romualdo Barbieri avait bien essayé de lui vendre tout un attirail de brosses, peignes en corne, lotions, et même des bigoudis, mais l'argent manquait. Elle n'avait acheté que le miroir.

Peu à peu, les insultes et les grognements en provenance de la pièce voisine s'essoufflèrent, laissant place à de pitoyables gémissements.

Bella Rossa reposa le peigne et enfila sa robe.

Le soleil était levé ; il était temps d'aller tirer Lom'Pa de son pucier.

– Te v'là, saleté ! aboya le vieux en la voyant entrer. Tu prends ton temps pendant qu'je meurs !

Il se tordait sur son lit, à part les jambes, qui ne bougeaient pas. Voilà deux ans que Lom'Pa n'était plus qu'une moitié d'homme, un paralytique. C'était la conséquence d'une chute depuis le toit de la ferme. Il y avait grimpé pour remplacer des bardeaux abîmés par un orage de grêle. Il avait glissé et s'était fracassé les reins trois mètres plus bas.

– Tu vas t'dépêcher, grosse larve ?

Chaque matin, c'était la même comédie. Bella Rossa se plaça à la tête du lit, passa ses bras sous les aisselles poisseuses de Lom'Pa et tira de toutes ses forces pour l'aider à s'asseoir. Il bougonna tant et plus, jusqu'à ce qu'il soit installé dans la chaise à roulettes qu'Emmett Earp, le voisin, lui avait fabriquée après l'accident.

– T'agite donc pas comme un asticot, rouspéta Bella Rossa.

Lom'Pa leva un bras vers elle :

– M'parle pas comme ça, vipère ! J'vais t'corriger !

Elle esquiva la claque sans difficulté. Bella Rossa avait vingt ans ; le temps était révolu où Lom'Pa lui flanquait des roustes. Quand elle était môme, c'est sûr, elle avait une frousse bleue de lui, et surtout de son ceinturon, mais aujourd'hui elle avait le dessus.

Elle poussa la chaise à roulettes sous l'auvent, au seuil de la ferme. C'était là que Lom'Pa passait ses journées, à l'ombre, pendant qu'elle travaillait pour deux. La plupart du temps, il restait seul, sauf quand un chien errant lui rendait visite, ou quand Emmett venait voir si les roulettes de la chaise n'avaient pas besoin d'être graissées.

Elle respira l'air frais de l'aube. Dehors, à part les cataclysmes, c'était toujours pareil : il y avait la cour encombrée de son bric-à-brac, l'enclos des porcs, l'étable, le tas de fumier, l'abreuvoir que Lom'Pa avait creusé dans un gros tronc, le puits. Plus bas, il y avait la rivière. Et, tout le long de la rivière, les autres fermes de Maussad-Vallée, des baraques rectangulaires, en planches ou en rondins.

Autour, ce n'étaient que des champs à perte de vue. Et au milieu de cet océan de tiges : la route. L'unique route. Celle par laquelle était arrivé Romualdo Barbieri avec son chariot de merveilles. Celle par laquelle s'en était allée la mère de Bella Rossa, un beau matin, longtemps avant. Et celle par laquelle, peut-être, elle s'en irait elle-même...

Bella Rossa frissonna. Mieux valait éviter de rêvasser face à la route, car Lom'Pa risquait de se douter de quelque chose. Elle se dépêcha de retourner à l'intérieur, passa un tablier, jeta une bûche dans le poêle en fonte et prépara le repas.

Du lard, des haricots rouges, du café bouilli.

Sous l'auvent, le vieux s'impatientait. En l'observant à travers le carreau sale, Bella Rossa réfléchissait. Depuis que *son idée* lui trottait dans la tête, elle hésitait sur le sort qu'elle devait réserver à ce père impotent et misérable.

– Alors, ça vient, ou t'attends qu'y pousse des ailes aux vaches ?

Bella Rossa retira les haricots du feu et sortit pour lui tendre sa gamelle. Il se jeta dessus sans un mot, à croire qu'il n'avait rien avalé depuis huit jours.

Pourtant, ces dernières années, chacun dans la région mangeait à sa faim, mais les mémoires restaient meurtries par les souvenirs des précédentes famines.

Deux ans de suite, les récoltes avaient souffert. D'abord de la sécheresse, puis à cause des sauterelles. Il y a avait eu des morts dans presque toutes les fermes des environs, et la plupart des familles avaient dû se résoudre à manger leurs chiens. Bella Rossa se souvenait aussi de cette pauvre femme, Selma Hutchkins : l'invasion de sauterelles l'avait terrorisée au point qu'elle en était devenue folle. On l'avait retrouvée pendue dans sa grange.

– Reste pas plantée là, feignasse ! crachota Lom'Pa entre deux bouchées de haricots. T'as rien à faire ou quoi ?

Bella Rossa poussa un soupir agacé, dénoua son tablier et l'accrocha à son clou. Dans la maison, chaque chose, chaque objet avait son clou.

– Oublie pas d'aller chercher c'qu'y me faut chez O'Brady ! ajouta Lom'Pa en la voyant se hâter vers l'étable.

Bella Rossa hocha la tête. Tous les matins, c'était la même rengaine. « Aller chercher c'qu'y me faut chez O'Brady ! » Pauvre vieux ! Il n'avait plus que ce plaisir : se soûler au tord-boyaux infect du bouilleur de cru. Mais il avait beau lui rendre la vie impossible, Bella Rossa essayait d'avoir de l'indulgence pour Lom'Pa. Après tout, il l'avait nourrie, logée et il s'était épuisé aux champs durant des années pour assurer la survie de leur foyer. Surtout, il avait su la protéger quand *les pires ennuis* avaient commencé et qu'elle n'était pas encore assez forte pour s'en dépêtrer toute seule. Ce n'était pas un si mauvais père.

Lorsqu'elle pénétra dans l'étable, elle retroussa ses manches. La journée s'annonçait ordinaire : nourrir les vaches, les cochons, sarcler le potager, puiser l'eau, couper le bois, finir de réparer la clôture du champ et s'occuper de *son idée*.

En attendant la prochaine calamité.

Chapitre 2

La calamité arriva quelque temps après, un matin de juillet, sous la forme d'un homme et d'un cheval. Bella Rossa s'était attendue à tout, sauf à ça.

Ce jour-là, après avoir laissé Lom'Pa sous l'auvent, elle travaillait dans l'étable. Les vaches se tenaient tranquilles, il était tôt ; Bella Rossa avait déballé ses outils.

La vieille charrette à foin était maintenant agrandie, élargie, et rehaussée sur les roues à rayons d'une ancienne diligence. Bella Rossa avait graissé les moyeux. Elle avait scié et cloué des planches pour faire des ridelles, avant d'y ajuster des arceaux en bois de tulipier. Il ne lui restait plus qu'à les couvrir avec la bâche, et l'ensemble serait achevé.

Elle transpirait abondamment. Depuis quelques semaines, les grosses chaleurs de l'été écrasaient la région. Le débit de la rivière s'épuisait et, dès les premières heures de la matinée, les mouches volaient bas, en nuages épais et collants. À Maussad-Vallée, les hommes arpentaient leurs champs en courbant les épaules, les chiens haletaient, la tête entre les pattes, et les femmes brodaient à l'ombre. Tout allait au ralenti. Seule Bella Rossa, dans le secret de son étable, déployait une activité fébrile.

Elle avait récupéré çà et là des objets abîmés, qu'elle avait réparés et qui, le moment venu, trouveraient leur place dans la carriole : casseroles, chaudrons en fonte, pots en faïence, potences de cheminée, marmites, bocaux, pelles à braises, paniers, brosses et pinces... Ce fatras s'était amoncelé dans un renfoncement de l'étable, à l'abri des regards.

Il lui avait fallu du temps pour rassembler sa quincaillerie. Au début, certains objets lui avaient été donnés : surtout les casseroles, bien sûr, à cause de ce qu'elle avait fait à Yuri Bendel. Mais, pour le reste, elle avait dû fouiller la région jusqu'à Cactus Hill. Il n'était pas rare de découvrir, le long de cette route qui avait vu passer les caravanes de pionniers, des objets abandonnés dans les buissons. Au cours de leur interminable voyage entre l'Est et l'Ouest, les familles se délestaient du surplus pour alléger leurs chariots, larguant dans leur sillage les reliques encombrantes de leur ancienne vie. Un jour, Bella Rossa avait même trouvé un piano, couché en travers du chemin. Mais il était trop lourd pour qu'elle puisse le rapporter seule à Maussad-Vallée ; elle devait se contenter des ustensiles de cuisine, qui constitueraient l'essentiel de son fonds de commerce.

L'entreprise restait modeste. Pourtant, Bella Rossa était fière de son idée, car c'était une magnifique revanche.

Elle pensait à cela en déployant la bâche au-dessus des arceaux de la carriole : sa revanche. Elle pensait à toutes ces années de peur et d'humiliation. Elle pensait à Yuri Bendel, bien sûr, mais aussi à Bror Svenberg et aux autres hommes. Et elle se revoyait, à quatorze ans, démunie face à leur désir, salie par leurs regards de bêtes.

Tout était la faute de ses seins. Ses maudits seins ! Pourquoi, au lieu de pousser normalement, avaient-ils pris ces proportions ahurissantes ? Il n'y avait pas d'explication. En une seule année, ils étaient passés de la grosseur de deux pommes à celle de deux melons, puis à celle de deux pastèques.

À l'époque, Bella Rossa n'avait que quatorze ans. Elle ne portait pas encore ce surnom que tout le monde lui donnait désormais : elle n'était alors que Rossalina, ainsi que sa mère l'avait baptisée à sa naissance.

Le premier vicieux qui avait voulu tâter ses seins s'appelait Bror Svenberg. C'était un éleveur de porcs qui traînait souvent sur les berges de la rivière. Rossalina passait par là chaque soir lorsqu'elle ramenait les vaches à l'étable.

« Hé, Rossalina ! » lui lançait-il en la saluant d'un signe de la main.

Elle avait remarqué son manège, sans pour autant s'en inquiéter. Elle répondait d'un hochement de tête, puis se hâtait vers la ferme, où Lom'Pa l'attendait, sa bouteille de tord-boyaux dans une main, son ceinturon dans l'autre, prêt à la corriger si elle était en retard.

Seulement, un soir, Bror était venu à sa rencontre.

« Hé, Rossalina ! » avait-il dit d'une voix étranglée par une émotion inhabituelle. En se tortillant, il avait commencé à lui parler. De tout et de rien, des vaches, des porcs, de la pluie qui menaçait. Mal à l'aise, Rossalina avait cherché à le contourner, mais, brusquement, il l'avait attrapée par le bras.

« Hé, j'veux pas t'faire de mal, p'tite ! J'veux juste... »

D'un bond, il s'était jeté sur elle, les mains en avant, la bave aux lèvres, pire qu'un chien enragé. Rossalina s'était débattue, mais Bror Svenberg était beaucoup plus fort qu'elle. Il lui avait arraché son corsage, s'était emparé de ses seins à pleines mains et y avait enfoui son visage. En grognant. Comme ses porcs.

Par chance, Lom'Pa avait entendu les cris. Déboulant juste à temps pour tirer Rossalina des grosses pattes de Bror Svenberg, il avait administré à ce dernier une correction mémorable.

Malheureusement, l'incident n'avait pas découragé les autres hommes de Maussad-Vallée. Les seins palpitants, énormes, extravagants de Rossalina les rendaient si nerveux que certains n'en dormaient plus la nuit. Quand la jeune fille travaillait dans le champ de maïs, ils venaient s'accouder à la clôture. Quand elle lavait son linge à la rivière, ils s'attroupaient sur l'autre rive. Pendant un bon moment, ils n'osèrent plus l'approcher, de peur de prendre une raclée, mais les clins d'œil salaces, les gestes grossiers et les sifflements fusaient. Partout où elle allait, ses poursuivants l'appelaient « Mammella Rossa ».

Mammella Rossa ! Cette déformation de son nom donnait à Rossalina des envies de mordre.

Les mois passant, la vigilance de Lom'Pa s'était relâchée. Un jour, alors que Rossalina avait seize ans, le pire s'était produit. Profitant que Lom'Pa s'éternisait chez O'Brady, ils s'étaient mis à trois pour la piéger dans l'étable. Sam Cody, Lee Payne et Yuri

Bendel : ces salauds avaient tellement bu qu'il aurait suffi de leur essorer la langue pour remplir un fût à bière.

Ce jour-là, Rossalina avait cru mourir.

Les trois vicieux l'avaient coincée contre la cloison de planches. Ils soufflaient, hurlaient comme des coyotes, s'empêtrant dans les bretelles de leur salopette. Leurs grosses mains dégoûtantes de fermiers s'étaient refermées sur elle. « Oh, Mammella Rossa ! » haletaient-ils en scandant des cochonneries. Elle avait mordu, lancé des coups de pieds, griffé des visages. Elle s'était cognée au mur, avait essayé d'attraper une fourche, mais elle n'avait réussi qu'à s'entailler la paume.

Finalement, à moitié nue, de la paille plein les cheveux, elle était parvenue à s'enfuir et à se réfugier dans la ferme. Un instant après, ses agresseurs avaient tambouriné à la porte. « Montr'nous tes seins, Mammella Rossa ! C'est pas permis d'avoir des engins pareils ! Faut en faire profiter l'monde ! »

La porte avait volé en éclats et Yuri Bendel était entré le premier. C'est là que Rossalina lui avait fracassé le crâne avec une casserole.

Il était mort sur le coup.

Les deux autres, Sam Cody et Lee Payne, étaient restés sur le seuil, avec les bretelles de leur salopette qui balayaient le plancher et leurs yeux soudain voilés par la stupéfaction. Ils l'avaient dévisagée, elle, la gamine aux seins de matrone, puis ils l'avaient insultée avant de déguerpir. Rossalina avait gardé les mains crispées sur le manche de la casserole jusqu'au retour de Lom'Pa.

L'histoire, bien sûr, avait fait le tour de Maussad-Vallée. Pour se venger, chaque fois que Rossalina passait à proximité d'une ferme, les hommes lui lançaient des casseroles. Bravache, elle les ramassait. Sans savoir encore que ce magot lui serait utile, elle les gardait comme des trophées arrachés à la déveine.

Personne n'osa plus employer l'odieux surnom de Mammella Rossa. Elle décréta elle-même qu'il faudrait dorénavant l'appeler Bella Rossa : la jeune fille craintive était devenue une femme au caractère bien trempé, une belle rousse à qui il ne fallait pas se frotter. Quand elle se rappelait ces mauvais souvenirs, Bella Rossa grinçait des dents. Ces dernières années, elle avait accumulé la colère autant que les casseroles. Elle haïssait Maussad-Vallée et ses habitants ! Elle détestait la vie ici, dans cet espace immense et désespérant du Continent, au milieu des champs et de nulle part !

Plus d'une fois, elle avait songé à partir. Mais une jeune fille seule, même en colère, n'aurait pas survécu plus de trois jours dans ces régions infestées de bandits et de serpents. Et puis, pour aller où ? Pour vivre de quoi ? Quand sa mère avait fui Maussad-Vallée, longtemps auparavant, elle n'était pas seule. Elle avait fichu le camp avec toute sa famille et l'autre clan des Italiens, les Morelli. Ils avaient des mulets, des chevaux, c'étaient de véritables pionniers.

Pour achever de la clouer ici, Lom'Pa était tombé du toit. Alors, Bella Rossa s'était attelée à la tâche, récoltant le maïs pour deux, cultivant les haricots pour deux, soignant les vaches et songeant avec amertume que la plus grande des calamités avait été de naître ici, sans avoir rien demandé à personne.

Les choses auraient pu demeurer ainsi, quotidiennes et assommantes, si l'an passé Romualdo Barbieri n'était pas venu se perdre jusqu'à Maussad-Vallée avec sa cargaison d'articles pour dames de la ville. Bella Rossa l'avait longuement questionné. Elle avait examiné son chariot avec attention et, tout à coup, l'idée de transformer la vieille charrette à foin de Lom'Pa en carriole de colporteur lui avait semblé évidente. Son avenir était là, dans ces casseroles qu'on jetait à ses pieds.

Ce matin de juillet, elle approchait du but. Elle n'avait plus qu'à faire un essai pour vérifier la solidité de son bricolage. En suite de quoi, elle pourrait charger sa marchandise, atteler les deux vaches et dire adieu à Maussad-Vallée !

C'est alors qu'elle entendit des pas dans la cour. Elle sortit de l'étable et posa sa main en visière pour protéger ses yeux de la luminosité implacable qui tombait du ciel.

Un cheval se tenait dans la cour, près de l'abreuvoir. Sur son dos, un homme était couché, la figure dans la crinière, les bras ballants sur les flancs de l'animal.

Il était mort.

Le cheval, l'homme mort, la lumière implacable : Bella Rossa sut tout de suite que cette apparition annonçait une nouvelle calamité.

Chapitre 3

Bella Rossa jeta un coup d'œil vers l'auvent. Dans son fauteuil à roulettes, Lom'Pa ronflait, terrassé par le tord-boyaux de O'Brady.

Elle traversa la cour de son pas un peu lourd, tandis que la sueur ruisselait de ses aisselles, mouillant sa robe jusqu'à la ceinture. L'air tremblait, les porcs grognaient dans l'enclos et les ombres se ratatinaient sur le sol poussiéreux de la ferme. Près de l'abreuvoir, le cheval attendait. Un nuage de mouches bourdonnait au-dessus du cavalier mort.

Elle s'arrêta à un mètre de l'animal. Des balafres d'écume zébraient son poitrail, signe qu'il avait galopé longtemps.

Bella Rossa actionna la pompe du puits et l'eau remonta en glougloutant depuis les profondeurs de la terre. Le cheval courba aussitôt l'encolure vers l'abreuvoir. Il but sans précipitation, jusqu'à ce qu'il n'y ait plus d'eau. À son attitude, on devinait qu'il avait été bien dressé.

Bella Rossa observa l'homme. Il portait un uniforme sombre fermé par des boutons brillants, des bottes, un ceinturon de cuir avec un étui. Il avait perdu un gant et ne possédait plus ni sabre ni fusil ; mais cet homme, à n'en pas douter, était un soldat.

Elle essuya son front moite. Jamais elle n'avait rencontré de soldat à Maussad-Vallée, et, si autrefois des rumeurs de guerres lointaines, irréelles, étaient parvenues jusqu'ici, personne ne s'était senti concerné. Aussi, la présence insolite du cavalier au milieu de sa cour laissait entrevoir à Bella Rossa des suites désagréables.

Dans le bourdonnement des mouches, elle s'approcha encore. Le mort ne l'effrayait pas. Depuis toute petite, elle avait vu tellement de cadavres ! Yuri Bendel, évidemment, mais aussi Selma Hutchkins, pendue dans sa grange, les petits enfants pâles dans leur lit, emportés par les fièvres, les vieux avec leurs lèvres rétrécies par la sécheresse, et tous les malheureux qu'on avait retirés de la boue après les inondations... Elle passa une main sur la gorge du cheval, qui frémit.

– Allons, lui murmura-t-elle. Tu peux pas rester avec c'te charge sur l'dos.

Très doucement, elle glissa ses bras sous les aisselles du soldat et le tira vers elle en retenant sa respiration à cause de l'odeur nauséabonde qu'il dégageait. Les jambes de l'homme étaient raides ; elle dut forcer et manœuvrer pour le faire descendre. Tout le temps que dura l'opération, le cheval ne broncha pas.

Quand le cadavre fut à terre, Bella Rossa donna une tape sur la croupe du cheval, s'attendant à le voir détaler ; mais il n'en fit rien. Il resta immobile, à la regarder derrière ses longs cils poussiéreux.

C'est ce moment que choisit Emmett Earp, le voisin, pour pénétrer dans la cour. Bella Rossa l'entendit pousser une exclamation quand il avisa le soldat étendu près de l'abreuvoir :

– Par le diable ! Qu'est-ce que tu fiches avec un mort chez toi, Bella Rossa ?

Elle haussa les épaules et replaça une mèche derrière son oreille. Emmett Earp était le seul mâle de Maussad-Vallée qu'elle tolérait. Car jamais il n'avait tenté de la toucher, jamais il ne l'avait blessée par une parole vicieuse.

– Il est v'nu tout seul, ce mort ! répondit-elle. Sur son cheval !

Emmett s'arrêta près du soldat et le bouscula du bout de sa botte.

– Pauvre gars, marmonna-t-il. Et Lom'Pa, qu'est-ce qu'il en dit ?

Bella Rossa lui désigna le vieil infirme qui ronflait toujours sous l'auvent.

– Bon, soupira Emmett. Je vais t'aider à l'enterrer. On peut pas le laisser au soleil.

Bella Rossa acquiesça et retourna dans l'étable chercher deux pelles. Avec l'aide du voisin, elle traîna le corps vers la rivière. Ils choisirent un replat, non loin de l'eau, y creusèrent un trou assez large, où ils firent rouler le mort. Alors qu'il gisait au fond, le regard de Bella Rossa s'arrêta sur les boutons brillants de son uniforme. C'était de la mercerie de qualité, sans doute facile à revendre. Elle sortit son couteau, s'agenouilla au bord du trou, trancha les fils et fourra les boutons dans sa poche. Emmett ne posa pas de questions. D'un hochement de tête, Bella Rossa l'autorisa à pelleter la terre pour recouvrir le soldat.

– C'est pas habituel, tout d'même, fit remarquer Emmett tandis qu'ils revenaient à pas lents vers la ferme.

– Mouais. Ça dit rien d'bon, approuva Bella Rossa.

Entre-temps, Lom'Pa était sorti de son coma. Il regardait le cheval avec les yeux plissés et pleins de soupçon.

– Il est à toi, Emmett ? demanda-t-il d'une voix pâteuse.

Le voisin secoua la tête. Il s'apprêtait à donner une explication quand une détonation creva l'épaisseur de l'air. Lom'Pa sursauta sur sa chaise à roulettes. Là-bas, au-dessus des champs de maïs, une nuée d'alouettes prit son envol dans un grand effroi. Presque aussitôt, il y eut une deuxième détonation, puis une troisième.

Emmett Earp avait pâli.

– Cours chez toi, bougre d'âne ! lui cria Lom'Pa. Y a du grabuge ! Et toi, gourdasse, va chercher mon fusil !

Le voisin, qui avait femme et enfants, obtempéra illico, pendant que Bella Rossa, les sourcils froncés, continuait de fixer l'endroit d'où s'étaient envolés les oiseaux. Elle repensait au soldat. Peut-être y en avait-il d'autres, beaucoup d'autres, cachés dans les maïs ? Est-ce que la guerre arrivait ?

– Mon fusil ! hurla Lom'Pa en gesticulant.

Elle alla décrocher l'arme qui attendait, suspendue à son clou, près de la porte. Au milieu de la cour, le cheval tournait les oreilles, sur le qui-vive, les naseaux frémissants. Une fois encore, Bella Rossa crut qu'il allait s'enfuir, mais l'animal ne semblait pas décidé à s'éloigner de l'abreuvoir. Il émanait de lui une sorte de calme très noble, presque impérial, qui contrastait avec l'aspect crasseux de la ferme.

Lom'Pa chargea le fusil et l'épaula.

– Qu'y viennent un peu par là, marmonna-t-il. Y vont m'trouver, ces sales coyotes de bandits !

On entendit de nouveaux coups de feu. Le long de la rivière, l'agitation gagnait les fermes. Il était presque midi, le soleil tombait comme un couperet dans l'air compact, et pourtant, pourtant... on avait une curieuse impression de courant d'air. Bella Rossa songea que c'était la guerre qui, déjà, soufflait sur Maussad-Vallée.

Elle avait mis les poings sur ses hanches. Elle se demandait pourquoi, alors qu'elle touchait au but, le destin voulait à nouveau empêcher ses projets. Qu'avait-elle fait pour être maudite à ce point ? N'était-ce pas suffisant d'avoir eu à supporter vingt ans de calamités diverses, d'avoir vu disparaître sa mère, d'avoir pris des coups de ceinturon et d'avoir subi la convoitise des hommes ? Plus elle ruminait ces pensées, plus sa poitrine se soulevait devant elle comme une vague énorme et indignée, prête à tout engloutir.

Soudain, elle avisa une troupe de cavaliers qui traversait le champ juste derrière l'étable. Ils portaient tous le même uniforme que le soldat mort, mais ceux-là étaient encore bien vivants. Ils fuyaient devant une menace invisible, l'arme au poing, piétinant les épis. Lom'Pa glapit :

– Qu'est-ce que c'est qu'c'te comédie ?

– C'est pas une comédie, murmura Bella Rossa. C'est du sérieux.

En un instant, la guerre déferla sur Maussad-Vallée. Les coups de feu se succédèrent, les chevaux surgirent de l'horizon, et puis les attelages, les canons, les hommes effarés à bord de chariots déglingués qui couchaient les maïs. Une odeur de poudre monta jusqu'aux narines de Bella Rossa. Elle se souvint du jour où les sauterelles étaient arrivées. Comment ce nuage d'insectes avait tout réduit à néant. Elle jeta un regard éperdu en direction de l'étable au moment où trois soldats déboulaient dans la cour.

Ils étaient essoufflés, couverts de boue et de poussière. Quand ils virent Lom'Pa pointer son fusil dans leur direction, ils se raidirent.

– Rengaine ça, le vieux ! ordonna l'un. Nous n'avons rien contre vous autres ! C'est la guerre !

– À boire pour nos bêtes ! réclama un autre.

Lom'Pa grogna et proféra quelques menaces, mais il était trop soûl pour faire un bon tireur. Les soldats se calmèrent. Quant à Bella Rossa, elle jugea plus sage de leur obéir. Elle s'avança vers la pompe en pensant : « Plus tôt ils auront ce qu'ils veulent, plus tôt ils s'en iront. » Elle fit couler l'eau dans l'abreuvoir, puis s'écarta pour leur laisser la place. L'autre cheval, celui du soldat mort, s'était éloigné ; il patientait près de la porte de l'étable.

Bella Rossa observa les trois soldats, leurs mines graves, leurs uniformes souillés, leurs bottes éculées. Elle alla chercher l'outre en cuir dont elle se servait quand elle passait la journée au champ, la remplit d'eau et la leur tendit. Ils acceptèrent avec reconnaissance.

– Un conseil, mademoiselle ! dit l'un d'eux après avoir bu. Ne restez pas là. Ils arrivent. Dans une heure ou deux, ils seront ici. Croyez-moi sur parole : ce sont des sauvages !

C'était un homme brun, assez jeune. Il avait les pommettes hautes, l'allure vigoureuse, une voix douce et des galons cousus aux épaules. Tout en parlant, il regardait les seins de Bella Rossa, bien sûr, avec cet air estomaqué des gens qui la voyaient pour la première fois. Cet air auquel Bella Rossa avait dû s'habituer, mais qui, chaque fois, lui rappelait sa monstruosité.

– Filons d'ici, sergent ! suggéra le plus nerveux des trois.

Le jeune homme aux pommettes saillantes acquiesça d'un hochement de tête.

– Des sauvages ! répéta-t-il sans quitter Bella Rossa des yeux. Des brutes qui vous passeront sur le corps... Surtout avec vos... Enfin, vous comprenez !

Bella Rossa lâcha un soupir impatient. Elle comprenait.

Au loin, on entendait des cavalcades, des explosions. Cela se déroulait plus haut, en amont de la rivière, à l'écart de la piste. Les trois cavaliers tournèrent bride. Ils abandonnaient Maussad-Vallée pour rejoindre des renforts qui les attendaient en aval. Si tout se passait comme ils le redoutaient, Maussad-Vallée serait bientôt pris en étau entre les deux camps ennemis. Alors, plus personne ne répondrait de rien.

– Une heure ou deux ! Pas plus ! rappela le sergent en éperonnant son cheval.

Bella Rossa le regarda disparaître.

Sous le coup de l'urgence, les choses se précisèrent de manière fulgurante dans son esprit : la carriole était prête ; il n'y avait plus à hésiter.

Chapitre 4

L'intrusion de ce bataillon en déroute avait semé la panique dans Maussad-Vallée. Les hommes couraient d'une ferme à l'autre en vociférant, tandis que les femmes commençaient à compter les sacs de farine, les bocaux et les kilos de sucre.

On rentrait les bêtes, le linge, les enfants.

On sortait les fusils, les sabres et les boîtes de munitions.

– Qu'est-ce qu'tu fiches ? répétait Lom'Pa en se tordant le cou pour suivre Bella Rossa du regard. Tu vas parler, vermine ?

Elle ne l'écoutait pas. Elle vidait les étagères et décrochait tout ce qui pendait aux clous de la maison : les vestes élimées, les vieux cardigans, les chapeaux, les outils, les bassines, les lampes à huile, les couteaux, les poêles et le miroir acheté à Romualdo Barbieri.

Elle vida aussi le garde-manger, la petite réserve qu'elle constituait pour passer l'hiver, et entassa le tout sous l'auvent.

Lom'Pa considéra la marchandise. Toute leur richesse se trouvait là, exposée au soleil : les bûches, la graisse de porc, le café, la couverture mitée, le savon racorni, les tonnelets d'eau potable, les jambons séchés, les bocaux de fruits qui trempaient dans l'alcool de maïs.

– Qu'est-ce qu'tu mijotes ? beugla-t-il, hors de lui.

Pour finir, Bella Rossa tira son matelas dehors, le roula, le ficela. Plaquant les mains sur ses hanches, elle lança à son père :

– J'file d'ici, si tu veux l'savoir !

Elle lui tourna résolument le dos et s'en alla vers l'étable. Devant, le cheval attendait toujours, impassible. Bella Rossa lui caressa les flancs, puis ouvrit en grand les portes et pénétra à l'intérieur.

Il faisait là-dedans une moiteur de tous les diables. Elle s'avança vers le tas d'objets amoncelés dans le renfoncement. Son pouls battait dans sa gorge. Pas le temps de faire des essais pour tester la solidité de son assemblage. Avec ardeur, elle chargea son bric-à-brac, arrimant les chaudrons aux ridelles et les coffres aux chaudrons. Puis elle souleva les bras de la carriole et fit rouler l'engin jusque dans la cour.

Sous l'auvent, Lom'Pa fulminait. Quand il découvrit les transformations de sa vieille charrette à foin, il s'étrangla :

– Ah, tu veux t'carapater d'ici ? Tu veux faire comme ta mère ? Viens un peu par là que j'te corrige, morveuse !

Sous une pluie de remontrances, Bella Rossa transporta le matelas, les provisions et toutes les choses de la maison, qu'elle fourra avec le reste dans la carriole. Elle jeta un regard vers les porcs. Le mieux aurait été de les embarquer, mais cela lui parut impossible. La carriole était déjà trop lourde.

Elle alla chercher les jougs dans l'étable, les passa autour du cou des deux vaches, qu'elle mena ensuite au-dehors. Là, elle les attela aux limons de la carriole, puis elle recula pour contempler l'ensemble. Elle sourit : son vaisseau était prêt à partir.

– Salope ! éructait Lom'Pa.

De rage, il tira un coup de fusil dans la direction de l'attelage. Bien entendu, il manqua sa cible, mais les vaches, effrayées, faillirent renverser le chargement. Bella Rossa, furibonde, se dirigea vers l'auvent. Elle se campa devant son père et lui arracha le fusil des mains.

– Vieil imbécile ! cracha-t-elle.

Sans autre commentaire, elle le contourna, empoigna les barreaux de la chaise à roulettes et poussa Lom'Pa sans ménagement jusqu'à la carriole.

Maintenant que le premier bataillon de soldats était parti, un silence trompeur régnait sur les fermes. Quelque part en amont de la rivière, la guerre progressait. Une armée sauvage s'avançait à couvert, dans les maïs. Bella Rossa sentait la menace peser sur ses épaules et sur ce coin de terre oublié où elle venait de passer les vingt premières années de sa vie. Parmi toutes les calamités qu'elle avait subies, elle devinait que celle-ci serait particulièrement calamiteuse.

D'un coup de reins, elle souleva Lom'Pa de sa chaise. Elle grimpa en soufflant sur le marchepied et déposa son père sous la bâche. Comme il protestait, elle dit :

– Tu la boucles, où j'te laisse là avec les porcs.

Lom'Pa rampa lamentablement sous la bâche. Au fond, il savait bien que c'était Bella Rossa qui commandait. Elle commandait depuis toujours, même s'il ne se l'était jamais avoué. N'était-ce pas pour elle qu'il avait autrefois agrandi la ferme ? N'était-ce pas pour elle qu'il avait cultivé les champs et qu'il s'était endetté pour acheter ces quelques bêtes ? N'était-ce pas pour elle qu'il avait voulu réparer le toit, pour que la pluie ne la réveille pas la nuit et pour qu'elle n'attrape pas les fièvres ?

– Et où qu'tu vas aller, gorgone ? cria-t-il en tentant de se redresser. Et ma chaise ? Pourquoi qu'tu la prends pas ?

Bella Rossa s'était installée sur le banc qu'elle avait fixé en travers des bras de la carriole. De l'arrière, Lom'Pa ne voyait que son dos imposant, ses épaules robustes et sa crinière de cheveux roux emmêlés de sueur. Elle s'était munie d'une baguette de bois souple, avec laquelle elle taquina la croupe des vaches. Dans un soubresaut, la carriole s'ébranla.

– Où qu'tu m'emmènes ? gémit encore Lom'Pa. Est-ce que t'as pensé à prendre c'qu'y m'faut ? Passe donc chez O'Brady pour être sûre !

– Boucle-la, répéta Bella Rossa.

Elle engagea la carriole sur la route. Le cheval du soldat mort l'escortait d'un pas tranquille. C'était vraiment un drôle de cheval. De toute évidence, il avait décidé d'être du voyage.

Autour de la ferme, dans les champs, sur les berges, l'après-midi crépitait. Les insectes, tels des milliards d'étincelles, mettaient le feu aux herbes sèches. Bella Rossa ne se retourna même pas pour emporter le souvenir de la vie qu'elle abandonnait, ni pour dire adieu à Emmett Earp, qui venait d'arriver en courant avec ses marmots accrochés à ses basques.

– J'te fais cadeau des porcs ! lui cria-t-elle seulement avant de s'éloigner.

Emmett se contenta d'agiter la main. Il n'en fut jamais tout à fait sûr, mais à cet instant il lui sembla entendre pour la première fois le rire de Bella Rossa.

Chapitre 5

À mesure qu'elle longeait la rivière, Bella Rossa sentait monter sa satisfaction. La carriole paraissait stable, équilibrée, solide. Autour des moyeux bien graissés, les roues tournaient sans à-coups. Certes, le banc n'était pas très confortable, mais Bella Rossa possédait des fesses charnues qui amortiraient les cahots du chemin. À l'avant, les deux vaches tiraient docilement leur charge, tandis que le cheval s'aventurait plus loin, ouvrant la piste en éclaireur. À l'arrière, c'était sans surprise : Lom'Pa pestait contre l'univers tout entier.

– Mais où qu't'as dégotté tout ce matériel ? grognait-il. Quelle idée ! Tu veux que j'meure écrabouillé ou quoi ? J'vais tout fiche par terre, tu m'entends, mégère !

– T'avise pas d'toucher à mes choses, répliquait Bella Rossa. Sinon, c'est toi que j'fiche par terre !

Évidemment, le vieux ignorait ses projets. Il n'imaginait pas à quoi pouvaient servir tant de marmites, de casseroles, de balais, de pots et de chandeliers. Et encore ! Il n'avait pas vu les couteaux, les passoires et les cuillères alignés au fond des coffres. Il y en avait des dizaines ! À trente *cents* pièce, Bella Rossa se voyait à la tête d'une petite fortune.

Son plan était simple : elle comptait descendre le long de la rivière, rejoindre les troupes de soldats, se mettre un temps sous leur protection, et puis, dès que la guerre s'éloignerait, elle taillerait la route de son côté et colporterait sa marchandise de patelin en patelin jusqu'à la ville... Jusqu'à l'Océan, qui sait ? Plus tard, elle pourrait racheter d'autres objets, les troquer contre de la nourriture, et cette vie errante serait toujours meilleure que celle, pesante et sournoise, qu'elle avait menée à Maussad-Vallée.

Tout en guidant l'attelage sous le soleil implacable des plaines, elle pensait à sa mère, Ornella Bonini. Elle se souvenait d'elle, un peu. Elle se rappelait surtout ses cris, ses pleurs, et les coups qui pleuvaient sur elle quand Lom'Pa avait trop bu. Elle la revoyait, à genoux dans la boue de l'hiver, en train de prier pour que son mari cesse de la frapper. Ornella Bonini avait une religion, une Bible, des prières plein la bouche, mais cela ne l'avait jamais protégée contre les claques. C'est pour ça que Bella Rossa avait préféré les casseroles. De toute façon, sa mère n'avait pas eu le temps de lui apprendre à prier. Au bout du compte, elle n'avait vécu que six ou sept ans à Maussad-Vallée, le temps de rencontrer Lom'Pa, de se faire trousser un soir de beuverie, de tomber enceinte, de se marier sous la contrainte, et de mettre au monde une enfant qu'elle avait ensuite abandonnée. Aujourd'hui, Bella Rossa se plaisait à penser qu'elle suivait la même route que sa mère, qu'elle ressentait le même soulagement en s'arrachant à Maussad-Vallée et que, peut-être, elles se retrouveraient par hasard, à l'autre bout du Continent.

– Ah, voilà ! s'exclama tout à coup Lom'Pa. T'as voulu m'assoiffer, hein, misérable chienne ?

Bella Rossa l'entendit déboucher une des bouteilles de tord-boyaux qu'elle avait planquées sous la couverture. La réserve était mince ; de quoi tenir trois ou quatre jours à peine. Mais, en attendant, elle aurait la paix avec Lom'Pa.

Devant elle, la piste s'ouvrait, ombragée par les tulipiers et les ormes qui poussaient près des berges. On remarquait les traces du passage des soldats : les branchages cassés, les ornières creusées par les chariots, la terre retournée par les sabots des chevaux. Pour le reste, rien ne laissait croire que la guerre fût si proche. Des moqueurs polyglottes chantaient dans les buissons et survolaient par moments la rivière, suivis par des hirondelles ou de minuscules troglodytes. Le calme des jours, leur lenteur, ne semblaient nullement troublés par les mouvements furieux des hommes et de leurs armées.

Bella Rossa se mit à fredonner une chanson qu'elle avait apprise jadis, lors d'une des rares fêtes qui avaient eu lieu à Maussad-Vallée. C'était une balade irlandaise assez mélancolique, mais elle n'en connaissait pas d'autre. Elle la chanta donc une fois, deux fois, et encore une fois, pendant que Lom'Pa s'endormait, les mains serrées sur le goulot de sa bouteille.

Bientôt, des arbres tombés en travers de la piste obligèrent le petit convoi à s'écarter. Bella Rossa donna des coups de baguette sur le dos des vaches, et la carriole partit en cahotant sur les cailloux.

Sous les chocs, les seins de Bella Rossa se mirent à onduler, à flotter, à rebondir. Elle grimaça. Parfois, elle avait l'impression que cette poitrine ne faisait pas partie d'elle-même, qu'elle était douée d'une vie autonome et que ses mamelles étaient comme deux animaux cramponnés à son buste. D'autres fois, elle comparait ses seins à de gros tas de gelée ou à des sacs de son. Ils étaient si encombrants ! Un jour, elle avait eu envie de les couper avec les grandes cisailles de Lom'Pa. Elle y avait renoncé en sentant l'acier froid glisser sur sa peau.

Après un méandre de la rivière, l'horizon changea brutalement. Des collines se dessinèrent au loin, rompant la monotonie des champs. Au pied de ces collines, des arbres moussaient en bosquets serrés. Bella Rossa n'était jamais venue jusque-là. Le cœur battant, elle arrêta la carriole, et aussitôt le cheval se figea, oreilles dressées.

Les oiseaux s'étaient tus. On entendait juste les remous de la rivière, les mouches et les ronflements de Lom'Pa sous la bâche. Il y avait une attente diffuse, une sorte de tension dans ce paysage apparemment tranquille. Pour chasser cette impression désagréable, Bella Rossa cingla le dos des vaches.

– Allez ! s'écria-t-elle.

Le cheval marqua une hésitation, mais il se remit à trotter sitôt que la carriole repartit.

C'est à ce moment que Bella Rossa remarqua des volutes de fumée au-dessus des arbres. Il n'y avait pas eu de détonation ; il s'agissait sans doute d'un feu de camp allumé par les soldats.

– C'est donc là-bas qu'on va, murmura-t-elle, confiante.

Elle espérait retrouver ce jeune sergent qui l'avait mise en garde contre la guerre. Elle lui avait offert de l'eau, et dans ce pays de sécheresse on savait se souvenir d'un pareil cadeau. Avec ses galons, il lui serait facile de la faire admettre au campement.

Dans le ciel immobile, les panaches de fumée s'étiraient avec nonchalance. Plus elle avançait, plus Bella Rossa se sentait sereine. Les oiseaux chantaient de nouveau et gobaient les moucherons à la surface de la rivière. Comment aurait-elle pu se douter de ce qui l'attendait ?

Chapitre 6

Le temps que Bella Rossa parvienne au pied des collines, les opérations militaires s'étaient accélérées. Cette guerre, comme toutes les guerres, obéissait à des mouvements obscurs, que personne ne comprenait vraiment. Contre toute attente, ceux que le sergent avait désignés comme les « sauvages » avaient contourné Maussad-Vallée. Leurs troupes avaient filé plus au nord, à travers les maïs, loin de la rivière, avant de repiquer plein sud, en direction des bois.

Aussi, quand Bella Rossa engagea sa carriole sur le sentier qui s'enfonçait au milieu des chênes rouges et des érables argentés, elle se trouva sans le savoir en lisière du champ de bataille.

Aux premiers coups de canon, la terre trembla et les feuillages des arbres se hérissèrent.

– Qu'est-ce qu'tu fiches ? cria Lom'Pa, réveillé en sursaut.

Bella Rossa venait de stopper la carriole. Décontenancée, elle regardait le cheval, se demandant s'il allait lui indiquer la marche à suivre. Il avait appartenu à un soldat, après tout ; il devait connaître les mœurs militaires ! Mais l'animal s'était immobilisé et, raclant le sol de ses sabots, il semblait n'avoir aucune idée de la stratégie à adopter.

D'autres explosions secouèrent les bois de fond en comble, provoquant des envols d'oiseaux criards et des fuites désordonnées de lièvres dans les fourrés. Des coups de pistolet claquèrent et une odeur d'incendie se répandit dans l'atmosphère déjà saturée de chaleur.

– Fous le camp ! hurla Lom'Pa. On va s'faire canarder !

Bella Rossa sauta à terre. Le sentier était étroit, la carriole passait tout juste entre les troncs serrés des chênes. Faire demi-tour n'était guère envisageable, d'autant que les vaches n'avaient pas beaucoup de jugeote. Elle s'approcha du cheval.

– Qu'est-ce que t'en penses ? lui murmura-t-elle. Tu la connais, la guerre, toi ! C'est pas quelques coups d'canon qui vont empêcher Bella Rossa d'aller droit d'vant elle, pas vrai ?

L'animal abaissa la tête. Elle sentit son souffle humide sur sa main et elle prit cette caresse pour un encouragement.

– Tu vas m'porter chance, dit-elle au cheval. Allez !

Elle remonta sur la carriole alors que les balles des fusils sifflaient et explosaient partout dans les bois, avec des échos qui rebondissaient de tronc en tronc.

Persuadée d'être sous la protection un peu magique du cheval, Bella Rossa n'avait pas peur. C'était Lom'Pa qui, malgré l'alcool, semblait le plus raisonnable. Il lui criait de s'en aller, de quitter les lieux, il criait que ça sentait le roussi.

L'attelage parvint néanmoins à l'orée d'une clairière où était installé le campement des soldats. Une balle avait transpercé la bâche, mais c'était le seul dommage recensé. En revanche, dans la clairière, les choses tournaient mal. Les blessés se traînaient derrière les pièces d'artillerie renversées, les morts contemplaient le ciel avec des mines stupéfaites, et les vivants continuaient la guerre au milieu d'une fumée âcre qui piquait les yeux. Il y avait beaucoup de chapeaux par terre, et puis des cantines retournées, des armes, des tonneaux, des boîtes de cartouches vides et un fanion de cavalerie piétiné. Il y avait surtout beaucoup de bruit. Un bruit insupportable.

– À l'abri ! À l'abri ! hurla un soldat en avisant Bella Rossa qui arrivait sur sa carriole.

Il lui faisait de grands gestes, mais la jeune femme, sidérée par le spectacle, ne le voyait pas, ne l'entendait pas.

Un coup de canon pulvérisa une charrette, et des éclats de bois montèrent haut dans le ciel. Les soldats du camp ripostèrent. C'est alors que Bella Rossa reconnut le jeune sergent aux pommettes saillantes. Monté sur son cheval, le sabre brandi, il cavalait d'un bout à l'autre de la clairière en vociférant des ordres.

Elle se dressa sur son banc :

– Sergent !

Mais elle le vit brusquement partir en arrière, avant de tomber à terre, fauché en pleine course. Au même instant, elle sentit une chose effroyable lui brûler le ventre. Elle s'affala sur le banc.

– C'est pas l'moment d's'asseoir ! l'engueula Lom'Pa. Saleté de bonne femme ! Faut pas traîner là, j'te dis !

Il s'énervait, coincé dans une position inconfortable entre les ballots de vêtements et les marmites en fonte.

– J'vais t'flanquer une de ces roustes ! haletait-il en essayant de ramper vers sa fille. Tu vas voir, j'vais mettre un peu d'plomb dans ta cervelle de moineau !

Bella Rossa se tenait le ventre à deux mains, la figure convulsée. La douleur montait en elle, lui vrillant les entrailles, paralysant son esprit. Des écharpes de fumée bleue s'enroulaient autour de la carriole. Les canons des deux camps ennemis pilonnaient la forêt ; personne ne comprenait rien, et tout se noyait dans une brume fantomatique.

Quand, enfin, Lom'Pa saisit Bella Rossa par les épaules, elle partit à la renverse. Le vieux en resta muet. Dans ses bras, Bella Rossa ne bougeait plus. Une auréole ensanglantée se dilatait sur sa robe.

Pour le restant de ses jours, Lom'Pa devait se rappeler ce moment étrange, suspendu au milieu du désastre de la guerre. Il demeura convaincu d'avoir vu, ce jour-là, sur la robe de Bella Rossa l'œil de la Mort qui le fixait de sa pupille rouge et malfaisante.

Chapitre 7

Après cette bataille, la guerre reflua de nouveau vers l'est. Les rescapés du camp adverse s'enfuirent, abandonnant derrière eux des cadavres, des arbres calcinés, et entraînant à leur poursuite les soldats encore valides. Les blessés, eux, restèrent dans la clairière avec le chirurgien du bataillon, le cuisinier et deux porte-drapeaux qui s'étaient proposés pour faire office d'infirmiers.

Le chirurgien eut beaucoup de travail. Un foulard autour de la bouche, il se pencha sur les corps étendus par terre, tentant de distinguer les morts des vivants. Il sauva la vie de certains soldats et ferma les yeux de nombreux autres, qu'il fallut ensuite enterrer sans cérémonie sous les érables argentés.

Bella Rossa avait reçu trois plombs dans le ventre. On l'avait transportée avec les autres blessés sous une toile de tente et, puisqu'elle était la seule femme, on avait pudiquement tendu un drap entre son brancard et le reste de la chambrée.

Pendant les premiers jours, le chirurgien crut qu'elle était perdue. Il avait réussi à extraire de ses entrailles deux pépites de métal, mais la troisième demeurait inaccessible. Égarée dans les méandres complexes du ventre de Bella Rossa, elle se dérobait sous les pinces du chirurgien, si bien qu'il dut se résoudre à la laisser là où elle était.

– Je ne lui donne pas deux jours avant de succomber aux fièvres, avait-il murmuré à ses aides-infirmiers. Pauvre gamine...

Et les deux porte-drapeaux, les yeux rivés à la poitrine de Bella Rossa, avaient hoché la tête, définitivement émus par les injustices de la guerre.

On avait installé Lom'Pa sous une tente plus petite, à l'écart. Ce vieux-là parlait trop fort et trop souvent ; il fatiguait tout le monde. Dès qu'il apercevait le chirurgien, il l'interpellait :

– Hé, doc ! T'as sauvé ma fille ? Dis-moi qu'elle va vivre, doc, ou j't'étripe avec ton fichu scalpel !

Le chirurgien secouait la tête. La détresse de ce vieil infirme lui fendait le cœur, mais il ne voulait pas lui mentir ni lui donner de faux espoirs :

– Ta fille est jeune, c'est sa chance. Et puis, j'ai

rarement vu une pareille force de la nature ! J'ai fait ce que je pouvais pour elle. Maintenant, il faut attendre...

Le cuisinier fournit à Lom'Pa de quoi manger, ainsi que sa dose de café bouilli. En revanche, l'alcool était réservé aux blessés. Des jours durant, le vieux hurla pour qu'on lui fasse l'aumône d'une goutte de tord-boyaux. En vain.

Finalement, c'est lui qui attrapa la fièvre.

Parmi les blessés se trouvait le jeune sergent que Bella Rossa avait vu tomber de cheval. Il avait dû être amputé du bras droit, et il gisait sur son brancard avec un énorme pansement au niveau du coude. Il était conscient. Tout au long du jour, la douleur de son membre fantôme lui arrachait des grimaces affreuses. Cependant, il ne se plaignait jamais. Il endurait ses souffrances avec une résignation farouche, refusant même la ration d'alcool qui lui revenait. Lorsque le chirurgien s'étonnait de son attitude, il répondait par un haussement d'épaules déconcertant et fataliste. La mâchoire serrée, il se contentait de prendre des nouvelles de ses compagnons.

– Deux morts aujourd'hui, soupirait le chirurgien. Mais le soldat Thompson s'est relevé, et le soldat Mac Millan a recommencé à manger. Tout ne peut pas être sombre !

– Et la jeune demoiselle ? s'enquérait le sergent.

– Rien de neuf pour elle, reconnaissait le chirurgien. Elle tient le coup, mais elle n'a toujours pas ouvert les yeux. Quant à son père, il s'en sortira. Sa fièvre lui cloue le bec pour l'instant, et au moins il nous fiche la paix.

Cet état d'attente et d'incertitude se prolongea.

Au fil des jours, pourtant, il y eut moins de décès parmi les blessés, et l'on commença à voir les éclopés se promener entre les tentes, à petits pas.

Le sergent était de ceux-là.

Dès qu'il fut capable de mettre un pied devant l'autre, il alla rendre visite à Lom'Pa et à Bella Rossa. Au fond, il se sentait responsable de leurs malheurs : s'il ne les avait pas incités à fuir, ces deux-là vivraient encore tranquillement dans leur ferme, à Maussad-Vallée, et le jeune homme se tourmentait à l'idée de les avoir envoyés à la mort. Il se glissait derrière le drap, près de Bella Rossa, et là, à l'abri des regards, il lui parlait de sa voix douce.

– Courage ! Il faut vous battre, mademoiselle ! Vous ne pouvez pas partir maintenant. Vous avez du tempérament, j'en suis sûr. Ne laissez pas la mort rôder près de vous !

Il tournait avec conviction autour du brancard, chassant les mouches venues s'agglutiner sur le corps indifférent de la jeune fille. Pour finir, il demeurait un moment debout, pensif, à contempler le visage pâle et creusé de Bella Rossa.

Il contemplait ses cheveux roux, ses mains posées le long de son corps… et, fasciné, il regardait sa poitrine qui culminait sous les draps et qui montait, descendait, montait, descendait, au rythme de sa respiration. Ce monument de chair, cette protubérance vivante et féminine semblait inviter le sergent à s'approcher, plus près, toujours plus près. Il en avait des sueurs froides, et son cœur tapait si fort sous son uniforme qu'il en avait presque mal.

À bout de souffle, il se dépêchait de repasser de l'autre côté du drap et fuyait la tente comme si elle avait été en feu.

La fièvre de Lom'Pa avait fini par tomber. Très affaibli, il se morfondait sur son lit de camp, rouspétait à bas mots et ne réclamait même plus à boire.

– Je suis allé voir votre fille aujourd'hui, lui rapportait le sergent. Elle semble reposée.

– Elle t'a parlé ? demandait Lom'Pa.

– Un peu, mentait le sergent.

Il supposait que ce petit mensonge pourrait améliorer l'état de santé du paralytique. Quel mal y avait-il à embellir la réalité, si c'était pour la rendre supportable ? Ce sergent-là, bien que militaire, avait une âme d'artiste. Afin de distraire le vieil homme, il lui racontait des histoires mystérieuses qu'il retrouvait dans sa mémoire, ou bien il lui chantait des chansons en tapant du pied pour marquer le rythme.

– Et comment qu'tu t'appelles ? lui demanda un jour Lom'Pa.

– Jaroslaw Modrzejewski, répondit le sergent avec un grand sourire. Mais ici tout le monde m'appelle Jaro.

Il expliqua à Lom'Pa comment il était venu de Pologne avec ses parents alors qu'il n'avait pas douze ans. Il lui décrivit la misère qu'ils avaient connue dans les villes de la côte, le manque de pain, la violence de la rue, la saleté des logements. Il lui expliqua comment, à peine débarquées de cargos poussifs, toutes les communautés se mêlaient dans les bas quartiers, comment on s'insultait en dix langues différentes et comment les uns et les autres se battaient pour gagner une place au soleil.

– Moi, j'avais appris à lire et à écrire, ajouta-t-il avec un brin de fierté. Je savais chanter, je jouais du violon. Mais à quoi bon ? Qui veut payer pour des chansons ?

Après des années passées à vivoter et à chaparder aux étalages, Jaroslaw s'était enrôlé dans l'armée pour échapper à un destin de petit voyou qui, de toute façon, ne l'aurait mené nulle part, sinon à la potence.

– À présent, je ne sais pas si l'armée va me garder. Vous croyez qu'ils ont du travail pour les manchots polonais ?

Lom'Pa se mit à rire et frappa ses cuisses inertes :

– À nous deux, on f'rait un bonhomme entier ! Tu m'plais, petit, j't'aime bien !

C'était la vérité. Depuis qu'il était allongé sous la tente, condamné à la sobriété, et depuis qu'il avait vu l'œil de la Mort sur la robe de Bella Rossa, Lom'Pa se sentait moins hostile à l'égard de son prochain. Il appréciait les visites du chirurgien, il aimait entendre les soldats Thompson et MacMillan se disputer en jouant aux cartes, il parlait volontiers avec le cuisinier au sujet de la préparation des haricots et, par-dessus tout, il aimait écouter les histoires de Jaroslaw Modrzejewski.

Un soir, il lui lança :

– T'as dû faire craquer plus d'une fillette, là-bas, en ville ! Avec tes beaux discours et ta p'tite gueule d'ange, me dis pas l'contraire ! Comment qu'ça s'fait qu'tu sois pas marié ?

Jaro eut un étrange sourire, mais il garda ses souvenirs pour lui.

– Et vous ! rétorqua-t-il. Pour avoir une fille comme la vôtre, vous avez dû trouver la perle rare !

– Perle rare, si on veut ! soupira Lom'Pa. Une Italienne. Toute la journée le nez dans son foutu bouquin d'prières, tu parles d'une aide quand on a des champs et du bétail ! Qu'elle aille au diable avec son clan d'cul-bénis ! La seule chose qu'elle a pas fait d'travers, c'est d'me laisser Bella Rossa.

Attrapant subitement le bras du sergent, Lom'Pa le regarda avec gravité, droit dans les yeux :

– T'avise pas d'la toucher, tu m'entends ! J'sais bien qu'elle a des attraits, j'suis pas aveugle... Mais ceux qu'ont voulu se servir sans permission, j'te jure qu'ils l'ont bien regretté !

Il fit un mouvement avec son menton pour désigner l'extérieur :

– Pourquoi qu'y a autant d'casseroles dans not' chariot, à ton avis ? C'est pas seulement pour faire cuire des platées d'haricots, crois-moi !

Jaro hocha la tête. Ignorant bien sûr l'histoire de Yuri Bendel, il ne voyait pas le rapport entre les rondeurs de Bella Rossa et les casseroles, mais il tint compte de l'avertissement.

– Vous avez ma parole, dit-il à Lom'Pa. Personne ne touchera votre fille.

Seulement, comment faire ? Dans le campement, on s'ennuyait ferme. L'été languissait, toujours aussi chaud, toujours aussi sec, et aucune distraction ne se présentait. Comment les soldats auraient-ils pu ignorer la fille aux seins inouïs qui dormait sous la tente depuis des jours et des jours, juste sous leur nez ? D'autant qu'à cause de la guerre, la plupart d'entre eux n'avait pas approché une femme depuis des mois ! Jaroslaw les entendaient parler et plaisanter grassement à ce sujet. Certains soupçonnaient le chirurgien de passer un peu trop de temps à soigner Bella Rossa : « Le cochon, il s'gêne pas ! Sûr qu'il en profite pour se rincer l'œil gratis ! » Et ils rigolaient en disant qu'à ce compte-là, ils auraient bien voulu apprendre la médecine, eux aussi.

Par tous les moyens, Jaroslaw essayait de les distraire de cette idée fixe. Le soir, il leur chantait les poèmes de son pays, à tue-tête, près du feu :

« Les soldats sont habillés d'or et de soie ;
Ils boivent bien et s'amusent mieux encore ;
À ton retour un galon d'or brillera sur ta kourtka
Et ton sabre turk pendra sur un cordon d'argent[1]. *»*

Ses camarades chantaient après lui, d'autres chansons, venues d'autres pays, mais il s'en trouvait toujours un pour en revenir à Bella Rossa, inconsciente sous la tente. Jaroslaw soupirait, s'allongeait sur le sol tiède et comptait les étoiles, songeant que, si la

1. Adam Mickiewicz, *Romancero*.

poésie avait eu le pouvoir de combler les désirs des hommes, le monde aurait tourné autrement.

Le reste de la journée, puisqu'il ne voulait pas jouer aux cartes, il s'occupait du cheval et des deux vaches. Parfois, il somnolait sous les branches, comme un pêcheur du dimanche. Ou bien, il marchait au hasard entre les chênes rouges en rêvant à ce qu'il allait faire de sa vie maintenant qu'il était manchot.

Il imagina mille petites diversions, mais, en réalité, les seins de Bella Rossa l'obsédaient lui aussi, jusqu'à lui faire perdre la tête.

Et finalement, malgré la mise en garde de Lom'Pa, il arriva ce qui devait arriver.

Chapitre 8

Bella Rossa sortit doucement du coma où elle était plongée, l'esprit encore engourdi par ce voyage qu'elle venait de faire dans les parages de la mort. Elle ne savait ni où elle était, ni ce qui se passait, mais elle se sentait plus fourbue qu'après une nuit de cauchemars. Son ventre lui faisait mal, elle avait froid, et pourtant elle demeurait incapable de bouger pour se réchauffer. Chacun de ses muscles, chaque parcelle de sa peau pesait lourd comme de la pierre.

À un léger frottement, elle comprit qu'il y avait quelqu'un tout près d'elle. C'était une présence vaguement menaçante, quelqu'un qui respirait fort, un peu à la manière des chouettes. Alors qu'elle tentait d'ouvrir les yeux, une étrange sensation de chaleur irradia soudain sa poitrine.

Sous le coup de la surprise, son cœur cogna fort, et elle trouva la force de soulever les paupières.

Quand ses yeux se furent habitués à la lumière, elle distingua enfin les traits de celui qui se tenait là. C'était un homme jeune, brun, avec des pommettes saillantes : elle reconnut immédiatement le sergent de cavalerie. Elle se souvint de l'avoir vu tomber à terre pendant la bataille et de l'avoir cru mort… Pour l'heure, il semblait en parfaite santé, même s'il lui manquait un bras.

Mais le plus curieux, c'était ce qu'il faisait de son bras valide. Bella Rossa se demanda si cela avait un rapport avec ce contact chaud sur sa poitrine…

Elle parvint à relever la tête, et ce mouvement attira l'attention du sergent.

Quand Jaroslaw s'aperçut qu'elle avait les yeux grands ouverts, il faillit crier et se mordit les lèvres, avec un air désarmant de gamin pris en faute. Il retira vivement sa main et bredouilla des mots dans une langue étrangère.

En reculant, il perdit l'équilibre et se raccrocha au brancard. Enfin, il cessa de parler, pétrifié.

Toute sa vie Jaroslaw Modrzejewski se rappellerait cet instant. L'instant où le regard de Bella Rossa perfora son cœur et son être tout entier. Ce fut fulgurant, précis et douloureux comme une balle de fusil.

Il en oublia sa main, cette main coupable qu'il venait de promener sur les seins de Bella Rossa. Il oublia tout, jusqu'à son nom. Seule lui resta l'évidence d'être tombé amoureux.

Il vacilla, sa figure s'empourpra. Il ramassa la couverture qui traînait par terre, recouvrit à la hâte la poitrine dénudée de la jeune fille et, sans un mot, il quitta la tente avec la certitude que sa vie venait de prendre son sens.

Il courut chercher le chirurgien. Le tirant par la manche vers la tente, il lui expliqua, en omettant les détails, qu'il venait d'assister au réveil de Bella Rossa.

Le chirurgien disparut derrière le drap.

Quand il reparut, il affichait une mine perplexe. Impossible d'expliquer le miracle qui venait de se produire ! Bella Rossa revenait d'un sommeil sans fond avec une pépite de plomb enfouie dans le ventre, et pourtant, d'après son examen, elle n'avait ni fièvre ni perte de mémoire : aucune séquelle.

– Elle n'a pas non plus perdu la parole, ajouta le chirurgien. D'ailleurs, elle vous réclame, sergent. J'ignore pourquoi, mais elle n'a pas l'air contente.

Jaroslaw se sentit accablé de honte. Il tourna en rond un bon moment, sans savoir que faire. Il avait commis un acte inexcusable ! Il avait cédé à son désir, transgressé l'interdit de Lom'Pa et manqué à sa promesse : il avait touché Bella Rossa sans permission ! Comment faire pour qu'elle lui pardonne ?

Il marmonna des mots en polonais. Il se lamenta. Il leva les yeux au ciel en y cherchant un soutien, une issue, une idée pour racheter sa faute.

C'est alors qu'il se rappela l'énigmatique allusion de Lom'Pa au sujet des casseroles. Devinant le rôle que cet ustensile pouvait jouer dans l'histoire, il alla en chercher une dans la carriole. Il prit une profonde inspiration et retourna derrière le drap.

Bella Rossa l'attendait, les sourcils froncés, l'œil noir de colère. Avant qu'elle ait pu prononcer une parole, Jaroslaw s'agenouilla près du brancard. Il lui tendit la casserole et dit :

– Allez-y, frappez fort ! Je le mérite.

Bella Rossa s'empara en tremblant de la casserole et la souleva au-dessus de la tête du sergent. Après tant de jours passés sur ce lit sans bouger, elle avait tout de même perdu des forces.

Le coup qu'elle lui assena fit voir trente-six chandelles à Jaroslaw, mais il ne perdit pas connaissance. Il se redressa, sonné et soulagé d'avoir été puni.

Ensuite, il s'inclina humblement devant Bella Rossa.

– Je ferai tout pour vous, déclara-t-il. Si vous m'acceptez, je vous suivrai partout où vous irez et je vous protégerai. Votre père apprécie ma compagnie, il me l'a dit. Je ne peux plus faire la guerre, car je suis manchot, mais je vous offre la main qu'il me reste. Et... je vous offre aussi mon âme, mademoiselle.

Tout en parlant, il dévorait Bella Rossa des yeux. Sa voix douce prenait des accents si sincères ! Il était si poli et si beau dans son uniforme ! Bella Rossa n'avait jamais regardé un homme avec autant d'étonnement. Elle frissonna, et son trouble augmenta à mesure qu'elle prit conscience de cette aberration : malgré ce qu'il avait fait, elle n'arrivait pas à détester ce sergent de cavalerie.

– Allez ranger c'te casserole à sa place, dit-elle simplement. On en aura b'soin.

Et c'est ainsi que la plus grande des calamités s'abattit sur Bella Rossa. Pire qu'une invasion de sauterelles, pire qu'une inondation, pire qu'une guerre ou qu'une épidémie de variole, c'était son histoire d'amour avec Jaroslaw Modrzejewski qui venait de commencer.

Deuxième partie

Chapitre 9

L'amour, bien sûr, transforma Bella Rossa.

Elle qui s'était toujours méfiée des hommes, admit tout de Jaroslaw. Il pouvait la regarder pendant de longues minutes sans qu'elle rouspète. Il pouvait lui parler pendant des heures sans qu'elle s'ennuie. Il pouvait l'enlacer, l'embrasser, toucher sa peau sans qu'elle se mette en colère. Il pouvait poser la tête contre sa poitrine nue, la caresser, sans qu'elle éprouve de dégoût. Pire : elle aimait sentir sa main, légère et chaude, passer sur elle. Elle aimait tout, venant de lui.

Elle n'avait plus envie de brandir ses casseroles, ni de mordre, ni de gifler, ni de dégainer son fusil. La violence animale qui lui avait permis de survivre jusque-là n'était plus nécessaire. Jaroslaw lui chantait des chansons, il la faisait rire, et elle s'abandonnait avec délice à ces sentiments nouveaux.

Parfois, lorsqu'elle était seule, elle se regardait dans le petit miroir de Romualdo Barbieri. Elle cherchait à déchiffrer sur son visage les signes mystérieux de ce changement et elle tentait de comprendre ce qui se passait. Cette situation avait quelque chose d'effrayant, au fond : durant vingt ans, elle avait reçu des coups – elle en avait donné aussi ! – et elle s'était habituée à la rudesse de l'existence, à son âpreté. Elle avait repoussé avec acharnement tous ceux qui voulaient l'approcher... et voilà qu'un beau sergent de cavalerie se présentait et qu'il lui faisait baisser la garde en un rien de temps ! Bella Rossa, qui ne croyait ni aux dieux ni aux diables, se demandait tout de même s'il n'y avait pas un peu de sorcellerie là-dessous. Alors, seule face à son reflet, elle se promettait de se ressaisir et d'opposer à Jaroslaw un peu plus de résistance.

Mais il suffisait qu'il apparaisse pour que toutes ses résolutions s'évanouissent.

Il pénétrait sous la tente, il s'asseyait près d'elle, posait son regard bleu sur son visage, et c'était fichu. Quel bonheur !

Au fil des jours et des semaines, elle accepta cette tendresse débordante et les explosions de joie qui lui mettaient le cœur à la renverse. Elle ne se servit plus du miroir que pour s'assurer qu'elle était jolie.

Une nuit, Jaroslaw vint la rejoindre sous la tente. Il faisait doux, on entendait seulement les crépitements paisibles de la forêt livrée à sa vie nocturne et, par intermittence, le cri nostalgique d'un engoulevent dans les futaies. Jaroslaw se glissa contre elle, sous la couverture. Ils échangèrent un sourire, et Bella Rossa ne se posa plus de questions.

Cette nuit fut sa première nuit d'amour véritable. Et ces moments hors du temps, leur douceur, leur ivresse, scellèrent en elle une évidence : Jaroslaw était son amoureux, son amant, l'homme de sa vie.

Au petit jour, il repoussa la couverture. Il voulait quitter la tente discrètement, avant d'être surpris par les regards narquois et envieux de ses camarades. Bella Rossa l'observa pendant qu'il enfilait son pantalon et qu'il tentait de le reboutonner. D'une seule main, ce n'était pas facile ! Le menton baissé, il maugréait : ces fichues braguettes n'étaient pas conçues pour les manchots !

À le voir se démener de cette façon, Bella Rossa se mit à pouffer. Jaro posa un doigt suppliant sur ses lèvres, mais le rire de Bella Rossa éclata quand même.

Il n'en fallut pas davantage pour que tout le bataillon soit au courant de ce qui venait de se passer.

* * *

– Le sergent est un bon médicament, souriait le chirurgien en constatant les progrès quotidiens de Bella Rossa. Vous guérissez à vue d'œil.

Elle se levait, elle marchait. Chaque jour un peu plus loin. Elle allait voir les vaches, le cheval, Lom'Pa et les autres soldats, qui, d'ailleurs, se tenaient à carreau : plus de plaisanteries grasses, plus de regards obliques sur sa poitrine. Le sergent Modrzejewski veillait.

Solide sur ses jambes, Bella Rossa respirait l'air tiède du dehors avec avidité. Elle se disait qu'elle avait failli ne plus revoir tout ça : les arbres, les cailloux, les insectes dans les herbes.

Elle passait ses doigts sur ses cicatrices.

Elle espérait sans cesse que la main de Jaroslaw vienne la surprendre.

Elle s'asseyait sous les arbres et regardait les taches de ciel entre les feuillages. Son cœur palpitait, et le reste du monde palpitait aussi, d'une façon extraordinaire. Son avenir lui semblait magnifique : elle s'était affranchie de Maussad-Vallée, elle possédait l'amour et les casseroles, il ne lui restait plus qu'à découvrir le Continent, à connaître la fortune et à retrouver sa mère pour que tout soit parfait.

Chapitre 10

Deux mois plus tard

– Sept chaudrons de fonte, trois potences de cheminée, quatre soufflets en bon état et deux à réparer. Six marmites à pieds, une bouilloire, cinq chauffe-plats, treize poêles. Dix rouleaux à pâtisserie en bois, trois jattes en cuivre, sept hachoirs en acier, trois coupe-œufs, treize râpes en fer blanc, une balance ordinaire, deux balances de ferme, vingt-huit casseroles, dont quinze en fonte, quatre pelles à braises, quatre pelles à pain, huit bocaux à pickles, un séchoir à fruits, deux huches à pain, cinq boîtes à sel murales, quatorze pots en terre, six en fer blanc, neuf en faïence, dix bouteilles en verre soufflé, trois flacons à médicaments, un épépineur de raisins secs, quatre moules à confiserie, six poinçons à glace, huit seaux et quatorze brosses à fourneau. Un râtelier, cinq goupillons à carafe, onze pichets à eau, sept moulins à café, trois fûts à bière, deux pelles à moût, quatre moulins à poivre, une boîte à épices en bois de rose, cinq pilons et trois mortiers. Douze passoires à lait, dix-huit bidons, treize palettes à beurre, six écumoires, quinze bassines, une baratte à piston, deux fils à couper le fromage, deux bacs à laver, sept battoirs, six brosses à linge, neuf fers à repasser, quatre seaux à charbon, onze bouillottes en terre, deux chaufferettes carrées, cinquante-huit couteaux et vingt-sept cuillères, un moule à chandelles, vingt et un chandeliers en étain, sept lampes à huile, et trois tapettes à tapis. C'est noté ? demanda Bella Rossa.

Jaroslaw lui envoya un sourire. Depuis qu'elle était revenue à la vie, ce fameux jour sous la tente, il ne cessait de la contempler. Il ne se lassait pas de la voir marcher, de l'entendre parler et d'assister, chaque matin, au lever flamboyant de sa chevelure rousse. Jaroslaw songeait que Bella Rossa était comme ces plantes du désert que l'on croit sèches et brûlées, mais qui, à la moindre averse, verdissent et fleurissent de nouveau.

– C'est noté, oui ou non ? insista-t-elle en s'asseyant avec lassitude sur le bord de la carriole.

Il baissa la tête vers le carnet posé sur ses genoux :

– J'en étais à... « cinq goupillons à carafe ». Tu vas trop vite pour moi.

Elle poussa un soupir. Cette idée d'inventaire, c'est elle qui l'avait eue, mais, si Jaroslaw n'y mettait pas davantage de bonne volonté, ils y seraient encore dans trois jours !

– Tu sais écrire ou t'es qu'un menteur ?

– J'étais droitier ! se justifia Jaroslaw.

– Maintenant, t'es gaucher. Si tu veux faire du bon boulot d'marchand, faut aller plus vite.

– Pourquoi aller vite ? Tu as des rendez-vous ?

Les sarcasmes de Jaroslaw étaient toujours prononcés avec tendresse. Bella Rossa haussa les épaules. Bien entendu, personne n'attendait sa marchandise, mais elle en avait par-dessus la tête de rester plantée dans cette clairière, alors qu'il se passait mille choses plus intéressantes ailleurs. Maintenant qu'elle était rétablie, elle voulait partir. Par-tir !

– Tu m'as promis d'm'aider, fit-elle remarquer.

– Je t'aide, lui assura Jaroslaw.

– Fichaises ! J'vois bien qu'tu rêves, soupira Bella Rossa en secouant la tête. Et, à mon avis, un rêveur, ça peut pas faire un bon marchand.

– Ni un bon soldat, ajouta Jaroslaw en désignant son moignon.

Une ombre passa sur son visage, mais il se reprit aussitôt :

– Est-ce qu'au moins je pourrais faire un bon mari ?

Bella Rossa sursauta et rougit, comme chaque fois qu'il évoquait au grand jour la relation intime qui les liait désormais. Elle détestait rougir ! C'était un aveu de faiblesse qu'elle ne supportait pas.

– Personne s'mariera tant qu'on n'aura pas fait fortune, déclara-t-elle fermement.

C'était un point sur lequel elle ne voulait pas céder. Selon elle, le mariage n'était pas un gage d'amour. C'était un caprice de Jaroslaw.

– Bien, sourit ce dernier. Qu'y a-t-il après « cinq goupillons à carafe » ?

Ils recommencèrent l'énumération, Bella Rossa à genoux dans la carriole, au milieu du déballage, et le sergent assis en tailleur par terre, suant sur son porte-plume.

Dans le campement, les soldats se traînaient, moroses et désœuvrés. Certains faisaient la sieste sous les arbres, d'autres graissaient leurs fusils dans l'idée d'aller chasser. Quant à Lom'Pa, il tenait compagnie au cuisinier et l'aidait à trier les pois secs rongés par les vers.

Depuis des semaines, il ne se passait plus rien. La guerre semblait s'être définitivement évaporée, et les éclopés de la clairière sombraient dans l'oubli. Aucun ordre ne leur était parvenu, aucun chef ne leur avait rendu visite ; ils auraient pu vivre ici cent ans sans que personne s'inquiète de leur sort. C'était comme si les érables et les chênes, en se refermant sur eux, les avaient soustraits au reste du monde. Un ennui tenace faisait bâiller les soldats. Ils observaient Bella Rossa à la dérobée, et ils enviaient Jaroslaw Modrzejewski d'avoir gagné ses faveurs. Qu'une paire de seins pareils revienne à un manchot, c'était un beau gâchis ! Voilà ce qu'ils pensaient.

Pour d'autres raisons, Jaroslaw pensait à peu près la même chose. Il ne trouvait aucune justification à son bonheur tout neuf. Qu'avait-il fait pour mériter d'être en vie, d'être aimé, alors que tant d'autres étaients morts et ne connaîtraient jamais la douceur des lèvres de Bella Rossa ? Il ne se berçait pas d'illusions : un jour ou l'autre, sans doute, elle ne voudrait plus de lui. Il la perdrait comme il avait perdu son bras, et bien d'autres choses qu'il taisait au fond de lui.

Quand l'inventaire fut terminé et chaque objet consciencieusement répertorié sur le carnet, Bella Rossa entraîna Jaroslaw vers les vaches pour une ultime inspection.

– Et le cheval ? demanda Jaro. Il vient avec nous ?

Bella Rossa s'approcha de l'animal et passa les mains sous sa crinière. Elle avait toujours aimé ce contact avec les bêtes, cette sensation de peau et de pelage, cette présence chaude et sauvage. Petite, quand Lom'Pa la battait, elle se réfugiait souvent dans l'étable à la recherche de cette chaleur. Elle jeta un regard vers Jaroslaw. Depuis qu'il était devenu son amant, elle se rendait compte qu'elle trouvait auprès de lui le même réconfort.

– Ce cheval n'a pas de maître, dit-elle avec un sourire. Il viendra ou pas.

Le jour du départ, le cheval trotta jusqu'à la carriole. Il se plaça à côté des vaches et attendit. Sous ses longs cils, les billes de ses yeux brillaient doucement ; il avait l'air content de quitter la clairière, lui aussi.

Le chirurgien vint trouver Bella Rossa alors qu'elle achevait de se préparer sous la tente. Il avait une drôle de figure. Bella Rossa savait qu'il n'était pas d'accord pour qu'elle parte si tôt, à cause de la dernière pépite de plomb qui restait dans son ventre, mais ils en avaient discuté et rediscuté : pour elle, pas question d'attendre encore.

– N'y revenons plus, sourit le chirurgien. Vous savez ce que j'en pense, mais je ne peux pas vous ficeler sur un brancard jusqu'à la fin des temps.

– Exact, répondit Bella Rossa en rangeant son peigne en bois et son miroir. Vous aut', les docteurs, vous êtes trop pessimistes.

Le chirurgien poussa un soupir :

– J'espère que vous avez raison, mademoiselle. Mais il y a tout de même une chose dont je suis certain. C'est de cela que je souhaite vous parler...

Il fixait le bout de ses bottes avec un air embarrassé et penaud.

– Vous vivrez peut-être cent ans avec ce morceau de plomb, commença-t-il, mais vous ne pourrez pas... vous ne ne pourrez plus...

Bella Rossa mit les poings sur ses hanches :

– Regardez-moi, doc. Plus quoi ?

Il leva les yeux vers elle en songeant : « Quel dommage, une fille magnifique comme ça ! C'est injuste. »

– Vous n'aurez jamais d'enfant, murmura-t-il. C'est irrémédiable.

Bella Rossa reçut l'information sans broncher. Elle resta là, immobile, campée sur ses jambes.

– C'est tout ? demanda-t-elle.

Le chirurgien hocha la tête :

– Je tenais à ce que vous sachiez la vérité.

– Merci, répondit-elle en serrant les lacets de son baluchon. Maint'nant, il est temps d'partir.

Tout était prêt : Lom'Pa assis sur un tonneau, le dos calé contre une pile de sacs en toile, Bella Rossa sur le banc à côté de Jaroslaw, et tout le chargement rangé, trié, arrimé aux ridelles.

Les soldats du bataillon, le cuisinier et le chirurgien s'étaient rassemblés autour de l'attelage. La saison s'achevait. Un vent du nord assez frais soulevait la bâche, et chacun remontait le col de sa veste. Jaroslaw avait troqué son uniforme contre un pantalon et une chemise de drap. Il avait fait un nœud à la manche droite, au niveau du coude.

– Bonne chance ! lança le chirurgien à Bella Rossa. Et n'oubliez pas, sergent, qu'elle ne devrait même plus être de ce monde à l'heure qu'il est. Chaque jour qui passe est un miracle. À vous de veiller sur elle !

– J'en fais la promesse solennelle, répondit Jaro, sa main sur le cœur.

Le cuisinier se hissa sur le marchepied et sortit une bouteille de sous sa veste. Il la tendit à Jaroslaw :

– Elle est à vous, sergent. Je l'ai retrouvée dans votre cantine. Emportez-la, ça pourra servir.

– Quel genre de tord-boyaux qu'c'est ? demanda Lomp'Pa, soudain intéressé.

– Un genre polonais, répondit Jaro en mettant la bouteille de côté.

Bella Rossa sentait son impatience grandir. Elle leva la baguette et fouetta le dos des vaches.

– Allez ! s'écria-t-elle.

Les soldats la regardèrent s'éloigner avec des mines déconfites. Que leur restait-il, maintenant ?

La guerre n'avait pas voulu d'eux, ni la mort, ni cette femme extraordinaire... Ils se sentaient tristes et abandonnés comme une portée de chiots.

Quand la carriole s'engouffra sous les branches, Bella Rossa éprouva un immense soulagement. Cette fois-ci, elle partait pour de bon. Cette fois-ci, aucune guerre ne viendrait se mettre en travers de sa route. Enfin, elle allait vivre sa vie ! Enfin, elle allait accomplir quelque chose et respirer un autre air que celui de ces plaines où l'existence se résumait à crever de faim plus ou moins vite.

– Où allons-nous ? lui demanda Jaroslaw.

– Vers l'ouest. En suivant la route des pionniers, on finira bien par trouver la fortune.

Jaroslaw hocha la tête. Finalement, depuis qu'il avait quitté sa Pologne natale, il n'avait jamais cessé d'aller vers l'ouest. Ce point cardinal agissait sur lui comme un aimant sans qu'il cherche à lutter. Quant à la fortune, il n'y croyait qu'à moitié, mais l'enthousiasme de la jeune femme l'avait contaminé. D'après les prix qu'il avait inscrits en face de chaque article à vendre, la marchandise valait exactement trois cent vingt-sept dollars et douze cents. C'était bien plus qu'il avait jamais possédé ; mais, pour palper réellement ce magot, encore fallait-il trouver des clients ! Et, franchement, Jaro n'avait jamais rencontré personne qui eût besoin d'un coupe-œufs ou d'un épépineur de raisins secs !

Il poussa un soupir. Tandis que Bella Rossa guidait la carriole à travers le bois de chênes, il se mit à imaginer des femmes de la ville, délicates et parfumées, à qui ils pourraient vendre ces objets absurdes.

– J'goûterais bien d'ton jus polonais, fit tout d'un coup Lom'Pa. Ça m'donnerait du courage, tu comprends, fils ?

« Fils ! » C'était ainsi, désormais, que Lom'Pa l'appelait. Jaroslaw se retourna. Le vieux, stoïquement assis sur son tonneau, souriait d'un air piteux. Il n'avait pas bu d'alcool depuis des mois. Son visage, d'ordinaire écarlate, avait pris une teinte un peu grise.

– Juste une goutte, l'autorisa Bella Rossa. Faut économiser. La route s'ra longue.

Jaro déboucha la bouteille et, avant de la confier à Lom'Pa, il en but lui-même une gorgée. L'alcool lui brûla la gorge, réchauffa brutalement son estomac et lui procura un léger vertige.

– Tu ne trouves pas ça bizarre ? demanda-t-il à Bella Rossa.

– Quoi donc ?

– Ce qui nous arrive ! Toi, moi, la guerre, tout ! On dirait que chaque malheur comporte une part de bonheur et vice-versa. Si je n'avais pas été dans la misère, je ne me serais pas engagé comme soldat. Alors, je n'aurais pas perdu ce bras… mais je ne t'aurais pas rencontrée ! Les choses s'enchaînent d'une façon étrange. Dois-je en déduire que j'ai eu de la chance d'être né misérable ?

Bella Rossa leva les yeux au ciel et prit la main de Jaroslaw dans la sienne. Il fallait toujours qu'il fasse des commentaires, qu'il réfléchisse et qu'il se complique l'esprit ! Pour elle, c'était simple : elle était heureuse, et elle n'avait pas envie d'aller chercher midi à quatorze heures.

– Embrasse-moi, dit-elle. Quand on s'ra riches, tu verras si tu la r'gretteras, ta misère !

Chapitre 11

Une fois sorti des bois, le convoi partit à l'assaut des collines. Au début, la pente fut tout juste perceptible, mais elle se raidit bientôt, et les vaches commencèrent à peiner. La piste se frayait un passage étroit et sinueux entre les rochers, les racines et les buissons. Intraitable, Bella Rossa fouettait l'air avec sa baguette.

– Allez ! criait-elle. Vous êtes restées trois mois sans rien fiche ! Maintenant, faut m'tirer c'te carriole, feignantes !

À l'avant, le cheval passait les obstacles avec légèreté. Il s'éloignait, disparaissait dans un creux, puis revenait en trottant vers la carriole avec sa crinière noire qui flottait autour de lui. C'était un régal de le voir et de sentir sa force, son élégance. Comparé à lui, le chariot avait l'air d'un escargot. À chaque accident du terrain, les casseroles accrochées aux ridelles s'entrechoquaient dans un tintamarre assourdissant.

Jaroslaw fronçait les sourcils et Lom'Pa se cramponnait à son tonneau. À la longue, le vieux perdit sa bonne humeur et se mit à grogner :

– J'ai les fesses, c'est plus des fesses ! C'est d'la bouillie ! Saleté d'chariot ! J'étais bien tranquille, tiens ! Mais voilà, faut qu'mademoiselle bouge ! Faut qu'elle aille voir du pays, comme sa satanée génitrice ! Elle a ça dans l'sang, faut croire !

Un cahot plus violent le faisait taire, puis il repartait de plus belle :

– J'ai les bras, c'est plus des bras ! Vous voulez ma mort, hein ! Si au moins j'avais un peu d'ce jus polonais, ça m'aiderait ! Mais, bien sûr, vous l'gardez pour vous, démons qu'vous êtes !

Jaroslaw et Bella Rossa ignorèrent ses jérémiades pendant un moment, jusqu'à ce qu'ils soient complètement excédés et qu'ils lui fourrent la bouteille entre les mains pour avoir la paix.

– Alors, comment qu't'appelles ça, fils ? demanda Lom'Pa après avoir absorbé une ou deux gorgées.

– Wodka. C'est de l'alcool de seigle. C'est fort, méfiez-vous.

– C'machin polonais me plaît beaucoup, soupira Lom'Pa, mais il a un nom à coucher dehors. La Pologne, c'est sûrement un drôle de patelin !

Il continua à boire et à parler tout le temps que dura l'ascension.

– Moi aussi, fils, j'ai des ancêtres qu'ont traversé la mer ! Y a pas d'quoi s'taper l'cul par terre ! Tu crois qu'la Pologne, c'est l'seul fichu pays à savoir fabriquer du bon tord-boyaux ? Eh ben, non, mon gars ! Mes ancêtres à moi, ils sont v'nus d'Irlande ! Et j'peux t'dire qu'ils savaient boire ! Pourquoi qu'Bella Rossa, elle a des cheveux rouges, hein ? C'est à cause de la bière de mes ancêtres !

Bella Rossa levait les yeux au ciel. Quand Lom'Pa commençait à remonter le temps jusqu'à ses ancêtres irlandais, on en avait pour des heures à l'entendre jacasser...

Enfin, le chemin s'élargit, le terrain devint moins pentu et la carriole put avancer à son aise sur un plateau où poussaient des bosquets de peupliers. Le vent était tombé. Lom'Pa, après avoir vidé la moitié de la bouteille, fit de même.

En silence, ils avancèrent dans ce paysage. Ils franchirent une rivière, montèrent d'autres pentes, traversèrent un autre plateau, suivirent des yeux le vol d'un aigle et entendirent, au loin, des gémissements de bêtes. Il y avait dans l'air quelque chose de l'automne, un peu plus d'humidité, les prémices du lent repli de la végétation. Bella Rossa songea aux chaufferettes et aux bouillottes qu'elle avait récupérées : ce serait ces articles-là qu'il faudrait vendre les premiers ! Elle imaginait déjà les discours qu'elle pourrait faire :

« Approchez, m'sieurs-dames ! Ici, on a d'quoi vous faire passer un hiver douillet ! » Et ensuite, peut-être, elle écoulerait les chaudrons et les lampes à huile. Elle rêvait. Elle se voyait entrer dans les hôtels, marcher dans les villes fabuleuses dont Romualdo Barbieri lui avait parlé.

Elle demanda à Jaroslaw s'il avait déjà dormi dans un hôtel. Il secoua la tête. Il ne connaissait que les grabats des taudis et les lits de camp de l'armée.

– Et une « baignoire », demanda encore Bella Rossa, tu sais ce que c'est ?

– J'en ai entendu parler.

– J'voudrais bien essayer ça, soupira Bella Rossa.

Et elle continua de rêver à ce confort qui appartenait à un autre monde. Elle devinait qu'il lui faudrait vendre énormément de casseroles pour atteindre ce degré de luxe, ce sommet de la modernité où l'on se lavait à l'eau chaude.

Soudain, ils entendirent les jappements d'un coyote. La nuit approchait et il fallut renoncer à aller plus loin.

Jaroslaw fit un feu ; Bella Rossa étendit la couverture mitée sur l'herbe, puis monta dans la carriole pour découper un peu de jambon sec. Lom'Pa s'était réveillé avec une gueule de bois terrible qui lui comprimait le crâne et le rendait modeste. Il ne parla plus de la wodka, ni d'aucun jus, ni de ses glorieux ancêtres buveurs de bière.

Ce soir-là, le premier soir de leur véritable voyage, les trois colporteurs mangèrent en silence. Ils contemplèrent les flammes, les étincelles qui s'envolaient comme des lucioles, et ils assistèrent à l'obscurcissement progressif du ciel. Quand les ténèbres eurent envahi l'espace, ils se serrèrent davantage.

Un peu à l'écart, les vaches broutaient. Le cheval, immobile, guettait les bruits de la nuit : on entendait des craquements, des chuintements, des broussailles ébouriffées par le passage des bêtes, peut-être des serpents et des lynx qui chassaient. Pour la première fois, Bella Rossa pensa avec une pointe de nostalgie à Maussad-Vallée. Elle se demanda ce que devenaient ses porcs, et si Emmet s'en occupait bien. Elle se rappela le toit, les murs, l'abri presque chaleureux de la ferme, et elle frissonna. Elle sentait respirer les choses autour d'elle, une vie menaçante et secrète qui l'encerclait. Elle se coucha près de Jaroslaw, collée contre son dos, avec le cœur dans la gorge.

– Tu as peur ? murmura tendrement le jeune homme.

– Jamais d'la vie, ronchonna Bella Rossa.

Chapitre 12

Ce n'est que quatre jours plus tard qu'ils aperçurent des habitations. La carriole avait vaillamment franchi la barrière de collines avant de reprendre sa circulation monotone à travers les Grandes Plaines. Les blés fauchés couvraient la terre de leur chevelure hérissée et morte ; au loin, quelques baraques s'étaient regroupées autour d'un gros arbre.

– Enfin ! s'écria Lom'Pa. J'ai bien cru qu'ce foutu pays était désert !

La piste, faisant une saignée dans les champs, menait droit vers le village. Depuis le lever du jour, le temps était couvert, immobile et pesant. Les éoliennes plantées derrière les maisons ne tournaient pas, rien ne bougeait. C'était à se demander si l'endroit était encore habité.

« Coyote Range », lut Jaroslaw sur l'écriteau en bois qui marquait l'entrée du village. Juste à ce moment-là, un chien aboya.

– Bon, soupira Bella Rossa, y a plus qu'à dénicher les propriétaires du bestiau.

Elle guida les vaches jusqu'à l'arbre, puis elle stoppa l'attelage. Plusieurs chiens se répondaient maintenant, d'un coin à l'autre de Coyote Range, mais aucun humain ne se montrait. À cause de ces chiens invisibles et de ces éoliennes figées, l'atmosphère avait quelque chose d'inquiétant. Jaroslaw sortit son fusil.

Bella Rossa sauta à terre. Le patelin comptait huit maisons, toutes construites sur le même modèle, en planches, avec des toits plats tapissés de mousse. Des ouvertures étroites et sans rideaux lorgnaient vers la piste. Ce rassemblement de baraques autour de l'arbre unique avait un air de conspiration ; on avait l'impression que les bâtisses se chuchoteraient des secrets dès qu'on aurait le dos tourné.

– Hé ! fit Bella Rossa. Y a quelqu'un dans les parages ?

Seuls des aboiements lui répondirent, et aussi des bruits métalliques de chaînes qui traînaient par terre.

– Eh bé ! commenta Lom'Pa. C'est pas ici qu'tu vas vendre ta quincaillerie ! Y sont tous morts ou quoi ?

Bella Rossa haussa les épaules. Elle refusait de croire que ce village fût désert. En quatre jours, les réserves d'eau potable avaient beaucoup diminué, et la nourriture ne tarderait pas à manquer. Il fallait absolument se ravitailler. Elle s'avança vers la première maison, appela, puis elle poussa carrément la porte. Jaroslaw l'avait suivie, le fusil en avant.

Une odeur de pain imprégnait l'intérieur de la ferme. Dans un coin de la pièce, une table était dressée, avec des assiettes en fer, des bocks et une bougie plantée dans un pot. Bella Rossa s'approcha du poêle. Il était encore tiède. Des vêtements séchaient, suspendus à une corde près de la fenêtre.

– Y peuvent pas êt' bien loin, murmura-t-elle.

Elle sortit et pénétra dans la maison voisine, qui était sale et empestait le tabac Bull Durham. Il n'y avait toujours personne.

Alors qu'elle revenait vers la carriole avec Jaroslaw, Lom'Pa les interpella. Il pointait un doigt tremblant vers le ciel. Une nuée de charognards tournoyait lentement sous les nuages, là-bas, un peu après le village.

– J'aime pas ça, grogna le vieux. On f'rait mieux de décamper, croyez-moi !

Bella Rossa consulta Jaroslaw du regard. Il hocha la tête gravement et dit :

– Prends le fusil et ne bouge pas d'ici. Je reviens.

Elle remonta dans la carriole, tandis que le jeune homme partait en courant vers la première ferme. Il en revint bientôt en calant des provisions volées sur son bras. Il les lança à Bella Rossa.

– De l'eau, souffla-t-elle. Trouve de l'eau.

Jaroslaw s'élança vers une autre maison, s'y engouffra, puis reparut en poussant un tonneau devant lui. Les chiens aboyaient toujours. Dans le ciel, les charognards continuaient leur ronde macabre.

– Filons d'ici, haleta Jaroslaw une fois que le tonneau fut chargé.

La carriole traversa Coyote Range sous les regards menaçants des fermes. Bella Rossa tremblait un peu. Elle n'avait pas le choix : il fallait suivre la piste, il fallait s'approcher de l'endroit au-dessus duquel planaient les oiseaux.

Ils y parvinrent quelques instants plus tard.

Tout le village était là, hommes, femmes, enfants et vieillards, debout en cercle à la croisée d'un sentier et de la piste. Ils criaient et jetaient des pierres sur quelque chose. Quand ils entendirent les sabots du cheval, ils se retournèrent d'un bloc.

– Allez-vous-en ! s'écria un homme qui avait la trogne de guingois.

– On veut pas d'étrangers par chez nous ! reprit une femme au visage mangé par la vérole.

Un jeune garçon envoya un caillou vers la carriole.

– Tiens-toi tranquille ! menaça Jaroslaw en pointant son fusil vers l'attroupement.

Les hommes tressaillirent. Certains crachèrent par terre. Le cœur battant, Bella Rossa mena les vaches jusqu'au croisement. Toute la communauté de Coyote Range la fixait. On aurait dit une meute de loups.

– Passez vot' chemin, et vite ! aboya encore une vieille. On n'a b'soin d'personne, par ici !

– Z'avez d'la chance d'avoir la peau à not'goût ! s'esclaffa un barbu qui serrait un tesson de bouteille. Tout l'monde peut pas en dire autant !

D'autres hommes se mirent à rire, dévoilant leurs bouches édentées. Jaroslaw les tenaient en joue. Malgré ses vêtements de fermier, on devait comprendre qu'il avait été soldat et que, même de la main gauche, il ferait mouche. Les rires cessèrent tandis que le cheval, puis les vaches et la carriole dépassaient le groupe.

Au dernier moment, Bella Rossa osa jeter un regard vers le centre du rassemblement. Vers ce point, vers cette chose sur laquelle ces gens jetaient des pierres un peu plus tôt.

Il y avait un homme noir étendu par terre. Un homme déchiqueté par les cailloux, qui s'agitait encore dans des soubresauts d'agonie. Sa chemise en lambeaux laissait apparaître son torse rougi et son visage... son visage...

Bella Rossa sentit son estomac se soulever. Elle poussa un gémissement et se pencha par-dessus bord pour vomir.

– Les salauds..., murmura Jaroslaw.

Lom'Pa ne prononça pas un mot, blême et raide sur son tonneau. Au-dessus d'eux, dans le ciel uniforme, les charognards tournaient toujours, attendant que les hommes leur abandonnent un peu de ce gibier torturé.

Chapitre 13

Bella Rossa avait toujours cru que Maussad-Vallée était l'endroit le plus reculé, le plus misérable et le plus primitif du Continent. Elle avait toujours considéré ses habitants comme des imbéciles, des arriérés, des cochons sans cervelle. Yuri Bendel, Bror Svenberg et les autres étaient-ils autre chose ? Et pourtant... Ce qu'elle venait de voir à Coyote Range, jamais elle ne l'aurait vu à Maussad-Vallée.

– Ces gens se sont levés d'table, ils ont... ils ont laissé refroidir leurs haricots pour aller tuer un homme ! répétait-elle avec une grimace ulcérée. Ils ont ramassé des cailloux, ils ont coursé c't' homme à travers leurs champs. Et puis, ils l'ont ach'vé comme un chien ! Parce qu'il était pas d'chez eux ! Parce qu'il était noir !

Elle était stupéfaite. Elle était écœurée. Elle se tourna vers Jaroslaw et cria :

– Tu crois qu'y vont r'tourner à table, après ça ?

Le sergent fixait la piste d'un œil froid et dur. Il gardait le silence. Il ne savait pas comment répondre à la révolte de Bella Rossa. Durant sa vie, durant sa guerre, il en avait tant vu : des massacres, des tueries, des corps démembrés. Et, chaque fois, ce sentiment atroce d'impuissance et la honte de s'en être sorti vivant.

Lom'Pa non plus ne disait rien. Les mots de consolation s'étaient depuis trop longtemps égarés dans sa vieille caboche d'ivrogne.

Ce soir-là, quand ils s'arrêtèrent pour bivouaquer au milieu des champs, c'est Bella Rossa qui ouvrit la bouteille de wodka. Elle en but jusqu'à s'étrangler. Après quoi, elle enroula ses bras autour de ses genoux, avec ses seins écrasés sous le menton, et elle contempla le feu en pleurant.

Lom'Pa et Jaroslaw vidèrent le reste de la bouteille. C'était la première fois qu'ils voyaient pleurer Bella Rossa. Son chagrin était si profond, si juste, qu'ils respectèrent ce moment de recueillement, comme s'ils étaient entrés dans une église ou quelque chose comme ça. Ils se sentaient petits face à l'immensité de ce chagrin et, franchement, si l'un d'eux avait su une prière, il l'aurait dite à la mémoire de l'homme noir de Coyote Range, mais Lom'Pa n'avait rien retenu de celles que murmurait sans cesse Ornella Bonini, et Jaroslaw ne savait que des poèmes polonais.

Non loin du feu, les vaches broutaient en faisant tinter les boucles en fer de leur licol. Le cheval s'était éloigné pour vivre sa vie nocturne et indépendante. Il régnait une grande solitude sur les plaines, et Bella Rossa, recroquevillée dans cette nuit effrayante, se demandait si Romualdo Barbieri ne lui avait pas menti. Où étaient ces dames en crinolines qui se pressaient pour acheter des tasses en porcelaine ? Où étaient ces bonnes fermières qui ne rêvaient que d'acheter des barattes à piston et des fils à couper le fromage ? Où étaient ces travailleurs qui voudraient acquérir des outils ?

– On f'rait mieux d'vendre des armes et des cercueils, dit-elle sous le coup d'une intuition soudaine. Au moins, on s'rait sûrs d'faire fortune.

Là-dessus, elle allongea ses jambes, tourna le dos et ferma les yeux.

Plus tard, Jaroslaw s'approcha d'elle. Il la serra fort avec son bras unique, regrettant, c'est vrai, de ne pas en avoir deux pour la protéger davantage. Et ils dormirent comme ça, avec des questions sans réponse qui tournoyaient dans leurs têtes comme les rapaces de Coyote Range.

Le lendemain, ils reprirent leur périple.

Leur allure était lente et leurs cœurs aussi lourds que la carriole. Ce jour-là, ils ne virent rien d'autre que de la terre plate et, au loin, de la poussière soulevée par un troupeau de bisons sauvages.

Le surlendemain et le jour suivant, ce fut désespérément la même chose, avec, en plus, un vent frisquet qui roulait au ras du sol et formait des tourbillons d'herbes.

Jaroslaw voulut chasser, mais il n'y avait rien à chasser. Pas un daim, pas une oie, pas même un dindon.

Il fallut rationner l'eau, rationner la nourriture, et Lom'Pa, du haut de son tonneau, déclara qu'il voulait mourir tant il avait mal au derrière.

Dans le ciel vide et écrasant, des nuages se disloquaient et s'aggloméraient sans cesse : c'était le seul changement.

À la fin du quatrième jour, alors que Bella Rossa se demandait s'ils n'allaient pas devenir fous à force d'avancer dans ce désert, ils virent surgir au loin deux silhouettes montées sur des chevaux.

Jaroslaw glissa sa main vers la crosse du fusil. Dans la lumière du crépuscule, les ombres de ces cavaliers s'étiraient sur le sol en de longues griffes effrayantes. Ni chariot, ni troupeau : à première vue, ces hommes avaient l'allure libre et sinistre des chasseurs de primes.

– Allons bon ! marmonna Lom'Pa. Encore des embêtements...

Sans le vouloir, Bella Rossa avait ralenti la cadence. Son cœur tapait dans ses tempes, ses paumes étaient devenues très moites.

Pourtant, lorsqu'elle put les détailler, les inconnus lui apparurent simplement pour ce qu'ils étaient : d'inoffensifs voyageurs chargés d'un curieux matériel.

Comme ils s'approchaient, les deux hommes mirent leurs montures au pas et soulevèrent leurs chapeaux en guise de bonjour. Ils souriaient, tels des voisins polis qu'on aurait rencontrés sur un trottoir. Jaroslaw se détendit, et Bella Rossa se rassura totalement en les entendant parler avec un fort accent français :

– Messieurs-dames, c'est un plaisir de croiser votre route, déclara le premier en reprenant son souffle. On ne peut pas dire qu'il y ait foule dans les parages !

– Permettez-nous de nous présenter, enchaîna le second. Hippolyte et Eugène Nachon, photographes.

Un silence accueillit ces déclarations. Aux yeux de Bella Rossa, les deux Français semblaient tout droit sortis d'un autre monde. Ils portaient des gilets à boutons, des vestons cintrés et des cravates. Elle remarqua même la chaînette des montres à gousset qui pendait de leurs poches.

– Nous sommes venus de l'Est par le chemin de fer, jusqu'à Story Point, expliqua le premier pour rompre le silence. Le reste des voies étant en construction, nous ne pouvions pas aller plus loin. C'est pourquoi nous poursuivons notre route à cheval.

– Nous cherchons des Indiens, compléta l'autre Nachon.

– Des Indiens ? fit Jaroslaw, légèrement amusé.

Puis il secoua la tête :

– Là d'où nous venons, il n'y en a pas. Tout ce que vous trouverez dans cette direction, c'est un village nommé Coyote Range. Je vous déconseille d'y mettre les pieds.

Les Français échangèrent un regard désappointé. Tout ce chemin depuis la lointaine France pour faire chou blanc ; leur déception était bien compréhensible !

– Vous avez p'têt' de l'eau ? s'enquit Bella Rossa.

Les deux voyageurs désignèrent des bidons sanglés à leurs selles.

– Par le hasard, vous z'auriez p'têt' aussi du vin ? espéra Lom'Pa. Y paraît qu'les Français, y s'lavent le cul avec.

À cette remarque, Eugène et Hippolyte éclatèrent d'un rire franc et joyeux qui rendit encore plus insolite leur présence dans ce paysage rude où peu de choses, en définitive, prêtaient à la gaîté.

Lom'Pa se renfrogna, mais il fut vite rasséréné lorsque l'un des deux hommes exhiba une bouteille : elle était remplie d'un liquide couleur de framboise mûre.

– Du bourgogne, annonça-t-il. Nous en avons une caisse pleine. C'est un cadeau destiné aux Indiens, mais rien n'interdit d'y goûter... à condition de nous en laisser pour la toilette de demain !

Les photographes rirent encore, de bon cœur.

Dans leur dos, le soleil rougeoyait, énorme sur la ligne d'horizon. Il était grand temps de préparer le campement. Jaroslaw sauta lestement au pied de la carriole, les deux Français descendirent de cheval avec des gestes raides.

– Dépêche-toi d'me débarquer, nigaude ! tempêta Lom'Pa. Faudrait pas qu'y vident leur chopine sans moi !

Le soleil tomba de l'autre côté du monde et une nuit d'encre, pratiquement sans étoiles, engloutit les plaines. La température baissa d'un coup. Heureusement, il restait dans la carriole quelques bûches à aire flamber, et aussi un peu de lard. Pour le reste, la présence des deux photographes et de leur bouteille égaya considérablement la halte.

– Jamais bu d'nectar comme çui-la, déclara Lom'Pa après avoir goûté et regoûté le vin français. Comment qu'ça s'appelle ? Bourgogne, c'est ça ? Encore un nom à coucher dehors, mais y a pas à discuter : c'est d'la bonne gnôle. Ça vaut p'têt' pas la bière irlandaise, mais ça enflamme moins l'gosier que c'machin polonais d'l'aut'jour...

Il parla encore un moment, dressant un savant catalogue des tord-boyaux qu'il connaissait, avant de s'endormir brutalement, le menton sur la poitrine.

Bella Rossa s'était serrée contre Jaroslaw. Elle observait les deux étrangers à travers le feu, leur trouvant des figures aimables et bien rasées. Elle n'avait jamais vu de photographe. Ces deux-là dégustaient leurs tranches de lard d'une façon qu'elle jugeait très française, en s'essuyant les doigts dans leurs mouchoirs.

Quand ils eurent terminé, ils expliquèrent qu'un institut scientifique les avait mandatés pour entrer en contact avec les tribus indiennes, qui, d'après eux, étaient menacées de disparition. Leur mission consistait à fixer la mémoire de ces peuples sur des photographies.

– Comment qu'ça marche ? voulut savoir Bella Rossa.

– Eh bien, c'est simple ! sourit Hippolyte. Il suffit d'une chambre noire, d'un objectif et de lentilles, ainsi que de plaques de cuivre argentées et iodurées...

Bella Rossa fronça les sourcils. Le seul mot qu'elle connaissait dans cette liste était « lentilles », et elle ne voyait pas le rapport entre la mémoire des Indiens et ces légumes secs.

– Vous n'avez jamais été photographiée ? s'étonna Eugène.

Elle secoua la tête. Les inventions modernes n'arrivaient pas jusqu'à Maussad-Vallée ; c'était regrettable. Même le chemin de fer, elle ne l'avait jamais vu ! Alors, les photographies...

– Demain matin, nous vous ferons une démonstration, promit Hippolyte. Une femme comme vous impressionnera sûrement la plaque.

Bien entendu, en disant cela, il louchait sur la poitrine de Bella Rossa. Mais sans convoitise : c'était seulement l'œil expert de l'artiste posé sur son modèle.

Accablée de fatigue, Bella Rossa s'étendit dans l'herbe, la tête sur les genoux de Jaro. Elle se laissa bercer par les voix des trois hommes, qui poursuivaient la conversation d'une manière tranquille, presque distinguée, sans se soucier des ténèbres qui assiégeaient le campement. Avant de s'endormir, elle se dit que les surprises du voyage n'étaient pas toujours mauvaises, qu'elles pouvaient même être instructives, et elle se sentit réconfortée.

* * *

– Ne bougez plus ! ordonna Hippolyte Nachon.

Ses cheveux ébouriffés par la brise matinale, il coordonnait la prise de vue. Bella Rossa avait réclamé d'être photographiée en compagnie de Jaroslaw et de Lom'Pa. Ce dernier, juché sur son tonneau, fixait l'appareil d'un œil méfiant.

– À quoi qu'ça sert ? ronchonnait-il. Encore une idée d'bonne femme, tiens ! Rester planté à s'rouler les pouces d'vant c'te machine, j'vois pas l'intérêt. Et pis, qui vous dit qu'c'est pas dangereux ?

Jaroslaw riait discrètement. Il avait eu beau lui répéter qu'il avait vu en ville de nombreuses personnes poser pour les photographes et s'en sortir indemnes, Lom'Pa n'avait pas confiance.

– Nous bassine pas, gronda Bella Rossa. Bouge pas, c'est tout c'qu'on te d'mande.

– T'as d'la chance qu'j'aie plus mes jambes, espèce de garce ! Photographes, tu parles ! Qu'y z'aillent faire les zozos avec les Indiens, ça les r'garde, mais moi, j'suis pas du genre à...

– Attention ! s'écria Hippolyte. Ne bougez plus du tout !

Les trois modèles se figèrent : Bella Rossa, souriante, appuyée contre l'épaule de Jaro, qui la tenait par la taille, et, à côté d'elle, Lom'Pa sur son tonneau, les yeux écarquillés.

Eugène avait disparu sous le drap noir qui pendait derrière l'appareil photographique, dressé sur un trépied. Quant à Hippolyte, il brandissait à bout de bras une sorte de lampe, ronde comme un œil de cyclope. Soudain, dans un bruit sec d'explosion, une lumière aveuglante en jaillit. Bella Rossa retint un cri, et Lom'Pa partit à la renverse, chutant de son tonneau. Foudroyé.

Une épaisse fumée blanche se répandit dans l'air frais du matin. Bella Rossa cessa de respirer, tandis que Jaro riait et toussait. Quand la fumée se dissipa, il se baissa vers Lom'Pa.

– J'suis mort ! J'suis mort ! gémissait le vieux, la figure toute pâle.

Jaroslaw, qui avait mal aux côtes à force de rire et de tousser, le redressa, puis le laissa assis dans l'herbe pour qu'il reprenne ses esprits.

Brûlant de curiosité, Bella Rossa s'approcha de l'appareil. Elle fut affreusement déçue quand Eugène lui apprit qu'il devait procéder à de multiples opérations avant d'obtenir l'image tirée sur papier.

– Mais peut-être avez-vous une adresse où nous pourrions vous envoyer la photographie, s'enquit Hippolyte.

– On a qu'not'carriole, se lamenta Bella Rossa.

Il fallut reconnaître que ce n'était pas une adresse fiable.

Les frères Nachon avaient résolu de remonter vers le nord en quête de leurs tribus d'Indiens. Une fois leur mission accomplie, peut-être prendraient-ils à leur tour la piste de l'ouest ? Dans ce cas, ils retrouveraient Bella Rossa et lui donneraient avec plaisir le cliché.

– Nous n'aurons pas de mal à suivre votre trace, la consola encore Hippolyte. Qui pourrait vous voir passer sans remarquer votre beauté ?

– Mouais, soupira Bella Rossa. Vous aut' les Français, vous avez plein d'mots, mais pas d'parole. Même à Maussad-Vallée on sait ça !

– Nous vous prouverons le contraire, lui assurèrent les deux photographes en remballant leur matériel.

Bella Rossa étouffa les braises sous des poignées de terre, Jaroslaw rembarqua Lom'Pa dans la carriole avec son tonneau, et ils se quittèrent.

Longtemps, Bella Rossa put suivre des yeux les deux silhouettes qui s'éloignaient sous les humeurs changeantes du ciel. Puis elles disparurent. La plaine redevint morne et déserte, au point que Bella Rossa se demanda si elle n'avait pas tout simplement imaginé cette rencontre. Heureusement, Lom'Pa continuait de pester après les frères Nachon et leur satanés appareils : c'était bien la preuve qu'elle n'avait pas rêvé !

Elle soupira. Les deux Français étaient passés dans sa vie, mais que lui avaient-ils laissé, si ce n'est le sentiment amer d'avoir vécu pendant tant d'années à l'écart d'un monde où la photographie était une chose naturelle, au même titre, sans doute, que les baignoires ? À cet instant, elle ne se doutait pas qu'elle les reverrait un jour...

Chapitre 14

Le lendemain, ils aperçurent de nouvelles habitations. Bella Rossa se raidit sur son banc, inquiète. Jaroslaw avait déjà sorti son fusil, mais, avant même d'atteindre les premières maisons, ils comprirent que ce lieu n'avait rien de commun avec Coyote Range.

Ici, les bâtiments étaient plus hauts, alignés au bord d'une rue large qui s'ouvrait à l'autre extrémité sur des prairies vallonnées, comme si la ville marquait la frontière entre deux contrées. Des charrettes stationnaient devant les façades en brique, des moutons se bousculaient en bêlant derrière un hangar, et l'on distinguait les silhouettes affairées des fermiers dans les champs alentour. Ici, il y avait de la vie. Les choses n'étaient pas ratatinées et mesquines, comme à Coyote Range.

« Vous entrez à Medicine Field. Ici règne la Paix du Seigneur », lut Jaroslaw sur une pancarte fraîchement repeinte à l'entrée de la grand-rue.

– J'crois qu'tu peux ranger ta pétoire, fils ! commenta gaiement Lom'Pa.

Jaroslaw leva les yeux vers les enseignes qui s'étalaient aux frontons des bâtiments : un Magasin Général, un barbier, un forgeron. Et même un drugstore et un bureau de poste ! Malgré le vent qui emportait la poussière par paquets et flanquait des boules de chardons sauvages entre les pattes des animaux, malgré les odeurs fortes du fumier et les ornières de boue séchée qui creusaient la rue, cet endroit ressemblait à l'idée qu'on pouvait se faire de la Civilisation.

Alors que la carriole s'avançait vers le bureau de poste, un homme en costume sombre et à la carrure imposante souleva son chapeau et lança un bonjour joyeux à l'adresse du convoi. Il souriait, avec des dents très blanches au milieu de son visage jovial. Il désigna le cheval qui trottait à côté de l'attelage :

– C'est une bien belle bête que vous avez là ! Un Morgan Horse, on dirait ! Vous venez pour le marché ?

Bella Rossa fit ralentir les vaches.

– Il y a un marché ? demanda Jaroslaw avec intérêt.

– Chaque dernière semaine du mois, répondit l'homme. Mais, si vous venez à Medicine Field pour une autre raison, soyez aussi les bienvenus.

Il tendit une main amicale à Jaroslaw :

– Je suis le révérend Ole Garson. Il faut que je me dépêche, j'ai rendez-vous avec mes Fidèles !

Il leva son index, et à cet instant une cloche sonna, claire et joyeuse.

– Vous entendez ! s'écria-t-il. C'est l'Appel du Seigneur ! Je vous accueillerai avec davantage d'égards tout à l'heure.

Bella Rossa suivit des yeux le révérend tandis qu'il se dirigeait vers le temple d'un pas rapide.

– J'avais jamais vu un homme de Dieu d'aussi près, murmura-t-elle.

Elle eut une pensée pour sa mère, Ornella-la-pieuse, Ornella-la-liseuse-de-Bible. Sans doute, cet homme lui aurait plu ! Elle se promit de demander à l'occasion au révérend s'il n'avait pas croisé, quinze ans plus tôt, une troupe de pionniers italiens qui fuyaient comme elle à travers les Grandes Plaines.

Sous le porche du temple, des femmes attendaient l'heure de l'office en bavardant avec animation : elles portaient des robes à rubans, des chapeaux, des gants et des voilettes. Enfin la clientèle élégante et raffinée que Bella Rossa attendait !

– J'crois qu'on va rester quelque temps à Medicine Field, sourit-elle.

Elle se pencha vers Jaroslaw et déposa un baiser sur ses joues mangées de barbe. Il avait les yeux brillants, lui aussi. Et même Lom'Pa, qui n'était guère impressionnable, manifestait de l'enthousiasme pour cette bourgade qui venait de surgir de manière inespérée sur leur route. Il désigna un grand abreuvoir installé devant le Magasin Général.

– Les bêtes ont soif ! lança-t-il. Et moi aussi !

Cependant, Bella Rossa fut déçue d'apprendre qu'il n'y avait pas d'hôtel à Medicine Field. Ici, la coutume voulait que les voyageurs soient logés chez les habitants. C'est le révérend Ole Garson qui lui expliqua tout cela après l'office.

– Je dispose encore d'une chambre libre dans ma maison, ajouta-t-il. Le confort y est modeste, mais vous y serez bien, mademoiselle.

Autour de l'attelage, la population allait et venait : des hommes en vêtements de ville, arborant des cravates, et de jolies femmes en bottines qui distrayaient beaucoup Jaroslaw. Le révérend, lui, n'avait d'yeux que pour Bella Rossa. Elle sentait la gourmandise de son regard sur sa poitrine. Mais, puisqu'il était un homme de Dieu, elle décida de ne pas s'en formaliser.

– Gardez vot' chambre, on veut pas déranger, répondit-elle simplement. On dormira à la belle étoile. On a l'habitude, nous autres !

– J'insiste, dit le révérend sur un ton plein de douceur. Je suis certain que nous trouverons en ville une autre chambre pour votre père et votre frère.

– Je ne suis pas son frère, intervint Jaro en riant.

– Ah..., fit le révérend.

Il masqua sa contrariété par un sourire :

– Mais, même dans ce cas, je ne peux pas vous laisser camper. Vous comprenez, nous avons nos Lois ici. Nous vivons dans la Paix du Seigneur, et nous mettons un point d'honneur à héberger notre Prochain dans de bonnes conditions.

Il désigna d'un geste ample la campagne environnante avant de poursuivre :

– Medicine Field marque la transition entre ces plaines que vous avez parcourues et une contrée que nous appelons le pays des Hommes Rouges, et qui...

Bella Rossa l'interrompit :

– Ces Hommes Rouges, y s'raient pas indiens, par hasard ?

Le révérend confirma. Bien que n'ayant lui-même jamais eu affaire à ces tribus, il se méfiait de leur sournoiserie et ne recommandait à personne de les approcher. Bella Rossa pensa à Eugène et Hippolyte qui, en route vers le nord, s'éloignaient vraisemblablement de ce qu'ils cherchaient.

– Ce pays-là est très différent, reprit Garson. Vous y trouverez des rivières, des montagnes et des forêts. Vous y trouverez aussi des loups et des ours noirs qui rôdent la nuit. Certains viennent jusqu'ici.

Il posa sa large main sur l'épaule de Bella Rossa. Elle tressaillit.

– Mais le plus dangereux, s'exclama-t-il, c'est le walligaloo ! Ah, Mademoiselle ! Cet animal peut vous déchiqueter en quelques minutes ! Medicine Field est un endroit Merveilleux, mais chaque Merveille a son Revers, n'est-ce pas ! Ainsi l'a voulu notre Créateur !

Il la regarda avec gentillesse :

– Je ne voudrais pas avoir votre mort sur la Conscience, je vous assure. Il est donc de mon Devoir de vous accueillir chez moi. Pensez au walligaloo !

Bella Rossa était déconcertée par cet homme vêtu de noir, avec ses dents si blanches, et qui parlait avec tant de majuscules. Elle jeta un regard interrogateur vers Jaroslaw.

– Nous ne voulons pas causer d'ennui, dit celui-ci. Tout ce que nous voulons, c'est profiter du marché pour vendre notre marchandise.

– Voilà qui est Sage et Honnête ! acquiesça le Révérend. L'affaire est entendue : je vais vous trouver une chambre, et la jeune dame viendra chez moi.

Bella Rossa fronçait les sourcils. Ça ne lui plaisait pas d'être séparée de Jaroslaw. Ce dernier, sentant sa réticence, la prit par le bras et l'entraîna à l'écart :

– Pense à la fortune que nous allons faire ici...

– Je sais bien, bougonna-t-elle, mais pourquoi on devrait se séparer ? Il doit y avoir d'la place pour trois dans une grange !

– Tu as bien vu ! s'emballa Jaroslaw. Ces magasins, toutes ces dames bien habillées ! Il y a de l'argent à Medicine Field. Et, à mon avis, ce révérend a beaucoup d'influence. Ne le contrarions pas ! Va chez lui. Je m'occuperai de Lom'Pa.

Sur ce, il poussa Bella Rossa vers la carriole et serra de nouveau la main au révérend en guise d'accord.

– Hé, mais ! J'ai pas vu d'saloon, s'inquiéta soudain Lom'Pa. J'ai la gorge, c'est plus une gorge : c'est un désert ! Où est-ce que vous l'cachez vot' fichu saloon, mon révérend ?

L'homme de Dieu se raidit, cessa de sourire et dévisagea sévèrement Lom'Pa :

– Medicine Field n'est pas une de ces Villes de Satan où les hommes viennent chercher l'ivresse et la dépravation de l'Âme. Si vous cherchez le feu de l'ivresse, passez votre chemin.

Lom'Pa haussa les épaules et se pencha dangereusement de son tonneau pour interpeller Bella Rossa :

– J'espère bien qu'on va pas s'éterniser dans c'patelin, alors ! Satan, tu parles ! J'ai l'impression d'entendre ta mère !

– Boucle-la, rétorqua Bella Rossa. On restera l'temps qu'y faudra, c'est tout.

À dire vrai, cette conversation l'avait mise de mauvaise humeur. Sans un mot, elle prit son baluchon dans la carriole et elle laissa Jaroslaw et Lom'Pa devant le Magasin Général pour suivre le révérend jusqu'à sa demeure. Elle était contrariée par la façon dont Jaroslaw lui avait parlé : il lui avait donné des ordres, et il ne s'était pas inquiété une minute de savoir si elle était d'accord pour dormir loin de lui. Cette séparation était si brutale ! Qu'est-ce que ça voulait dire ?

Elle marcha sans décrocher un mot, la mine renfrognée. Mais, lorsqu'elle pénétra chez le révérend, sa colère s'évanouit aussitôt.

– C'est pas du tout modeste ! s'exclama-t-elle. C'est... somptueux !

– Je vous en prie, Mademoiselle, murmura Ole Garson, vous allez me faire rougir. Je tiens à vivre dans le Dénuement, vous savez. J'ai conscience que les bibelots n'ont pas d'importance. Mais je ne peux pas refuser les Cadeaux que me font mes Fidèles... C'est un Cruel Paradoxe que je n'arrive pas à résoudre.

La maison offrait de vastes pièces aux murs ornés de tableaux. Des fauteuils étaient disposés près d'une cheminée où crépitait un petit feu. Des tentures, des tapisseries, des dentelles, des vases, des tapis : Bella Rossa aurait juré que le révérend avait dévalisé le chariot de Romualdo Barbieri !

Timidement, elle se laissa guider vers un escalier de bois ciré qui menait à l'étage. Là, un corridor distribuait une demi-douzaine de chambres. Garson la fit entrer dans celle du fond.

– Vous êtes ici Chez Vous, dit-il en s'effaçant.

Déjà subjuguée, Bella Rossa retint un cri. Au milieu de la pièce, sur une petite estrade entre le lit à baldaquin et la coiffeuse, trônait... une baignoire !

– Une de mes Paroissiennes me l'a rapportée d'un séjour qu'elle a fait dans une grande ville de l'Est. Il n'est pas convenable que je m'en serve, aussi l'ai-je mise ici afin que Mes Hôtes en profitent. J'ai cru comprendre que vous aviez fait un long voyage. Cela vous plairait-il de prendre un Bain ?

Bella Rossa restait pétrifiée au seuil de la chambre, ne trouvant plus de mots pour dire son émotion.

– Je vous laisse, acheva Garson. J'ai promis un logement à votre père et à votre compagnon, n'est-ce pas ? Je ne voudrais pas les faire attendre davantage. Nous dînons à sept heures. Je compte sur Vous, et... le Seigneur aussi.

Il referma la porte. Bella Rossa se retrouva seule au milieu des meubles et des ornements. Au-dessus du lit, une grande croix en bois rappelait aux invités qu'ils se trouvaient chez un serviteur de l'Église, mais pour le reste...

– C’est tout à fait comme ça qu’j’imaginais un hôtel, murmura-t-elle.

Et un large sourire fendit son visage encrassé par la poussière de la piste.

Chapitre 15

Ce soir-là, ne sachant comment s'y prendre, Bella Rossa n'osa pas se servir de la baignoire. Elle se déshabilla et se débarbouilla à sa manière, avec une cuvette d'eau et un pain de savon qu'elle trouva sur la coiffeuse.

De son baluchon, elle sortit une robe propre, ainsi que son peigne édenté et son petit miroir. Assise sur le lit à baldaquin, elle observa son reflet.

Elle grimaça. Son air de sauvageonne, sa peau tannée par le vent et le soleil, sa chevelure longue et flamboyante lui firent soudain un peu honte. Quel contraste avec les jolies dames qu'elle avait aperçues sous le porche du temple ! Leurs rubans, leurs voilettes leur donnaient l'air si délicat ! Jaroslaw aussi avait été sensible à leur apparence de jolies poupées...

– J'ai bien vu son regard, énonça à haute voix Bella Rossa.

Et elle sentit pour la première fois un pincement désagréable au cœur qui lui donna la nausée.

Elle laissa tomber le miroir sur l'édredon. Brutalement, des douleurs remontèrent de son ventre, comme si la pépite de plomb perdue bougeait dans ses entrailles. Cela lui coupa la respiration, et elle dut s'allonger en travers du lit.

Elle ferma les yeux un long moment. La douleur monta, monta encore, comprimant son estomac jusqu'à ce que des larmes coulent sur ses joues. Elle se sentait si seule, tout à coup ! Pourquoi Jaro l'avait-il laissée ? Pourquoi avait-il serré la main du révérend avec cet empressement de marchand de bétail ? Pourquoi n'avait-il pas refusé d'être séparé d'elle ?

Lorsqu'elle rouvrit les yeux, la tête renversée sur l'édredon, elle vit la grande croix de bois scellée dans le mur.

Ses sanglots cessèrent.

Cette croix simple et nue semblait la regarder... Dessus, Bella Rossa distinguait un visage, un doux visage de femme penché vers elle dans une attitude pleine de compassion. Elle connaissait ce visage ! Elle le connaissait depuis toujours !

– Maman ? murmura-t-elle dans un vertige.

La douleur s'apaisait lentement, elle quittait son ventre et son cœur comme une vague qui reflue. Sa respiration se calma et, soudain, elle entendit une voix qui demandait :

– Mademoiselle ? Ça va ?

Bella Rossa fit un effort pour se redresser. Une très jeune fille se tenait devant elle, les yeux écarquillés.

– Vous gémissiez, expliqua la jeune fille. Je suis venue voir si vous aviez besoin d'aide. Je m'appelle Nita.

Elle fit une courbette maladroite.

– Je suis servante ici. Chez le révérend Garson et pour la gloire de notre Créateur. Tant que vous resterez, je serai à votre service. Le révérend m'envoie vous chercher pour le souper. Mais vous avez l'air si fatiguée...

– Ça va, répondit Bella Rossa en s'asseyant. C'est rien.

Elle porta une main à son front. Il était moite comme si elle avait passé la journée aux champs. Au-dessus du lit, la croix de bois avait repris son aspect normal.

– Vous n'avez pas pris de bain ? s'étonna Nita. Je vous porterai de l'eau chaude demain matin. Vous verrez ! Toutes les dames qui ont essayé la baignoire ont été contentes.

– Il y a souvent des dames ici ?

– Oh oui, presque tout le temps ! Le révérend Garson est très généreux, vous savez. Moi, par exemple, il m'a recueillie lorsque je suis devenue orpheline. Je lui dois tout. Vous pouvez marcher ?

Bella Rossa se mit sur ses pieds. Dans un état second, elle suivit Nita hors de la chambre, à travers le long corridor, dans l'escalier de bois ciré, jusqu'à la salle à manger.

Là, une grande table était dressée. Autour, une dizaine de convives parlaient à voix basse : il n'y avait que des femmes.

– Voici notre Nouvelle Invitée ! s'exclama joyeusement Ole Garson. Souhaitons-lui la Bienvenue !

Les femmes levèrent les yeux vers Bella Rossa et soudain, à l'unisson, elles entonnèrent un chant. Les paroles parurent extrêmement bizarres à Bella Rossa. Elles disaient que le Seigneur pardonnait aux pécheurs et qu'Il les accueillait dans Sa maison. Dans cette maison, il y avait une lumière qui entrerait dans le cœur des pécheurs, et alors ils seraient sauvés ; on ne savait pas de quoi.

Lorsque ce fut terminé, Bella Rossa se contenta de remercier timidement. Elle n'avait pas l'habitude qu'on lui chante des chansons, et encore moins qu'on lui promette une lumière. Elle se sentait affreusement mal à l'aise.

– Votre Place est parmi nous, lui lança le révérend en désignant un siège près de lui.

Tandis que Nita et deux autres servantes apportaient les plats, les femmes de la tablée bombardèrent Bella Rossa de questions. « Quel est ton nom ? » demandèrent-elles. « Et d'où viens-tu ? Quel est ton âge ? Et que viens-tu faire à Medicine Field ? As-tu déjà rencontré le Seigneur ? Aimes-tu le ragoût et la tarte aux pommes ? »

Bella Rossa tenta de répondre de son mieux. Quand ses interlocutrices apprirent qu'elle était marchande ambulante, elles poussèrent de petites exclamations réjouies. Elles promirent toutes de venir lui acheter quelque chose au marché, qui se tiendrait le surlendemain.

– Vous voyez, lui murmura le révérend à l'oreille, ici, tout est Simple ! Le Seigneur vous a mis sur la Route, et vous allez faire de Très Bonnes Affaires, croyez-moi !

Au fil du repas, qui lui parut un festin, Bella Rossa se détendit. L'assemblée était si joyeuse, si bienveillante ! On continuait de l'interroger sans relâche. Lorsqu'elle expliqua qu'elle avait reçu trois plombs dans le ventre et que Jaroslaw avait perdu son bras lors de la bataille dans la clairière, les jeunes femmes en eurent les larmes aux yeux.

– Ben, faut pas vous effaroucher, sourit Bella Rossa. J'suis encore de c'monde.

– Dieu veille sur vous, c'est évident ! s'extasièrent alors les femmes. Il a fait un miracle, et vous êtes sûrement une sainte personne !

Troublée, Bella Rossa ne sut que répondre. Ces gens étaient tellement plus éduqués qu'elle, plus au courant des choses. Pourquoi ne les croirait-elle pas ? Après tout, Dieu existait peut-être, Ornella Bonini le croyait bien, elle aussi !

– Est-ce qu'il y a des Italiens, par ici ? demanda-t-elle au révérend.

– Il passe toutes sortes de gens à Medicine Field. Pourquoi pas des Italiens ?

– Les Morelli et les Bonini, ça vous dit quelque chose ? Ils venaient du même village que moi. Ils sont peut-être passés ici il y a quinze ans ?

– Quinze ans ? s'exclama Ole Garson. Mais... Medicine Field n'existait pas, il y a quinze ans ! Il n'y avait dans les environs qu'une misérable cabane habitée par ce pauvre Nataniel Adams. Un drôle de lascar, à qui nous devons le nom de notre ville... Figurez-vous qu'il était l'ami des Hommes Rouges et qu'il avait appris leur médecine. On raconte qu'il a sauvé de la mort plus d'une centaine de pionniers, mais, à mon avis, c'est une légende.

Un peu déçue, Bella Rossa insista quand même :

– Ce Nataniel, il est toujours en vie ? Où est-ce qu'on peut l'trouver ?

Le révérend leva les yeux au ciel :

– S'il n'est pas damné, cet homme a rejoint notre Seigneur. Paix à son Âme.

Puis, comme le repas touchait à sa fin, il frappa dans ses mains et annonça qu'il était temps d'aller se coucher. En effet, Bella Rossa tombait de fatigue.

Nita la raccompagna jusqu'à sa chambre ; mais, au moment d'entrer, Bella Rossa eut une hésitation. La croix au-dessus de son lit lui faisait un peu peur.

– Tu y crois, toi, à tout ça ? demanda-t-elle à la jeune servante. J'veux dire : à Dieu, à la lumière, aux miracles ?

– Bien sûr ! répondit Nita. Si nous sommes là, et s'il existe des gens comme le Révérend Garson sur cette Terre, c'est grâce à notre Seigneur. Il est partout, autour de nous. Et Il nous aide quand nous avons des soucis. Il faut juste savoir L'écouter.

Bella Rossa hocha la tête, perplexe. Il fallait qu'elle réfléchisse. Elle avait subi tant de calamités depuis sa naissance qu'elle avait du mal à imaginer que quelqu'un ait pu veiller sur elle. Mais, après tout, les choses auraient peut-être été pires sans une protection du Ciel ? Allez savoir !

Avant de s'endormir, elle constata que tout ce remue-ménage lui avait donné mal à la tête. Elle poussa un soupir désemparé. En dehors de Maussad-Vallée, où tout était toujours pareil, l'existence paraissait bien difficile à comprendre. Elle aurait tant voulu que Jaroslaw soit là pour la serrer contre lui !

Chapitre 16

Le lendemain matin, Nita vint chercher Bella Rossa pour le petit déjeuner. Dans la salle à manger, Ole Garson était seul, attablé devant un monceau de beignets et de fruits séchés. À l'apparition de son invitée, il sourit et désigna un siège en face de lui.

Lorsque Bella Rossa fut rassasiée, il lui tendit un paquet :

– C'est pour vous. Ouvrez-le !

Bella Rossa haussa les sourcils. C'était la première fois de sa vie qu'elle recevait un cadeau. Elle déchira le papier avec curiosité.

– C'est une Bible, expliqua le révérend. Le seul Livre capable de nous guider sur le Chemin de la Vie. J'ai cru comprendre que vous n'en n'aviez pas.

Bella Rossa caressa la couverture noire en cuir épais. Elle fronça le nez :

– Le problème, c'est qu' j'ai pas appris à lire...

– Aucune importance ! déclara le révérend en posant sa main sur le bras de Bella Rossa. Dieu sait se faire comprendre de Tous. Il suffit d'avoir cette Bible avec vous, et Il vous Reconnaîtra.

Il souriait en montrant ses dents qui brillaient comme des morceaux de faïence. Un peu gênée, Bella Rossa le remercia, songeant qu'après tout Jaroslaw pourrait lui faire la lecture de ce livre. Cela permettrait de passer le temps, le soir, quand ils bivouaqueraient dans les montagnes... Cette pensée lui fit battre le cœur. Depuis qu'elle était réveillée, elle n'avait pas songé un instant à son homme ! Où avait-elle donc la tête ? Elle se leva brusquement :

– Faut qu'j'aille voir Jaro. Y a les vaches à nourrir, et Lom'Pa à habiller. Où est-ce qu'ils sont logés ?

Le révérend secoua la tête :

– Allons, ne soyez pas si pressée ! Nous nous sommes arrangés, votre compagnon et moi. Ce matin, je vous emmène dans un Merveilleux Endroit. J'ai fait préparer une Calèche. Venez !

Bella Rossa voulut protester, mais le sourire de cet homme la paralysait littéralement. Il avait une façon de la regarder, de lui parler, qui lui ôtait toute volonté. Elle le suivit donc jusqu'à la calèche.

– Vous verrez, lui assura encore Ole Garson en l'aidant à s'installer, vous ne regretterez pas la Promenade.

Il fouetta les deux chevaux, et la calèche partit à vive allure dans la rue principale de Medicine Field. Le soleil était levé depuis longtemps. Un ciel immense et pur coiffait la ville. La population entrait et sortait des boutiques, des enfants couraient après un cerceau et, sur le passage de la calèche, chacun s'arrêtait pour lancer un salut radieux au révérend.

Bien vite, la calèche quitta la rue pour un chemin qui s'enfonçait dans le pays des Hommes Rouges. Le paysage changeait. Les pâturages remplacèrent les champs ; il y poussait une herbe drue, vert sombre et, au-dessus, les arbres déployaient des branchages serrés. La terre ondulait doucement jusqu'aux contreforts des montagnes. Les premières neiges de l'année s'étaient amassées en un petit dôme pâle au sommet de la plus haute, et l'on devinait des canyons, des crevasses, creusés dans ses parois abruptes. Ce pays dégageait une impression majestueuse et intimidante, une impression de splendeur nostalgique, comme si cette partie de la Terre avait appartenu à une époque ancienne, bien avant la présence des hommes. En y pénétrant, on avait le sentiment de déranger quelque chose de primordial.

– Vous avez froid ? s'inquiéta Ole Garson en voyant frissonner Bella Rossa.

– Ça va, répondit-elle. Je m'fais juste du souci pour Lom'Pa. Le vieux, il aime pas trop qu'on lui change ses habitudes. J'aurais préféré...

– Vous êtes Bonne, l'interrompit le révérend. Et votre Inquiétude est la preuve de votre grande Charité. J'ai tout de suite vu que vous aviez l'Âme d'une véritable Chrétienne.

Bella Rossa massa discrètement son ventre. Elle digérait mal les beignets. Ses cicatrices recommençaient à la tirailler, et puis, les paroles incessantes du révérend lui tournaient la tête.

– J'sais pas si j'suis une chrétienne ou quoi, bougonna-t-elle. Tout c'que je sais, c'est que Lom'Pa est un vrai emmerdeur. Faudra m'ramener l'voir, après la promenade.

– Bien sûr, la rassura Ole Garson.

Tout à coup, il tendit le doigt vers un point du panorama :

– Voyez-vous cette combe, là-bas, vers l'ouest ? C'est là que je vous emmène.

Il fouetta les chevaux, qui forcèrent l'allure.

– C'est un lieu Particulier, Unique ! reprit-il en haussant le ton pour couvrir le fracas des roues sur les cailloux. C'est dans cette combe qu'est née Medicine Field. Si vous voulez faire du Commerce chez nous, si vous voulez réaliser de Vraies Bonnes Affaires avec mes Compatriotes, vous devez auparavant découvrir cet Endroit !

Tout en conduisant l'attelage, Ole Garson posa soudain une main sur la cuisse gauche de Bella Rossa.

Elle sentit ses cheveux se dresser sur sa tête, mais elle n'osa rien dire.

– C'est bien cela que vous voulez ? lui demanda le révérend. Faire des Affaires ? De Vraies Bonnes Affaires ?

Il se mit à rire. Bella Rossa, le souffle coupé, se contenta de hocher la tête. Cette main sur sa cuisse... c'était comme une brûlure. Elle grinçait des dents tandis que Garson continuait, de plus en plus exalté :

– Ah, mon enfant ! Vous devez Comprendre le Sens de la Vie ! Mon Devoir est de vous Conduire à cette Combe, car là-bas vous aurez la Révélation !

Il donna d'autres coups de fouet, et les chevaux bondirent. Le vent de la course giflait le visage de Bella Rossa, laissant une empreinte glacée sur ses joues.

– Là-bas, vous recevrez la Lumière ! hurlait le révérend. Ne Résistez pas à Son Appel !

Il se pencha vers Bella Rossa, si près qu'elle put sentir son haleine. Les soubresauts de l'attelage la bousculaient, lui faisaient perdre l'équilibre. Le ciel valsait autour d'elle. Un brouillard, dense et silencieux, envahit brutalement son esprit. Elle ferma les yeux.

Quand elle les rouvrit, elle était allongée sur une couverture. Le ciel avait repris sa place habituelle et tout était calme, immobile. Le révérend Garson était penché au-dessus d'elle :

– Comment vous sentez-vous ? Mieux ?

Il sourit avec ses dents, comme un loup. Bella Rossa se frotta les tempes et parvint à s'asseoir.

– Nous sommes dans la combe, expliqua Ole Garson. Tout va bien. Remettez-vous.

Il lui tendit une petite flasque qui contenait un alcool mentholé.

– Personne n'en saura rien, susurra-t-il. Buvez un peu. C'est un... médicament.

Lorsqu'elle eut retrouvé quelques forces, elle regarda autour d'elle. La combe était profonde, sombre et fraîche. Elle formait comme un berceau au milieu des pâturages. Suite aux ruissellements des sources et des pluies, un lac s'était formé au fond. Une végétation aquatique avait poussé à sa surface, le recouvrant d'une pellicule verte. Sur la berge, elle remarqua une cabane en rondins.

– Voici la cabane de Nataniel Adams, précisa Garson.

Il se pencha davantage vers Bella Rossa. Sa voix se faisait tendre, enveloppante :

– Je vais vous faire une Confidence. Quand je me suis arrêté Ici, il y a sept ans, j'étais un homme Perdu. Une Âme en peine. Je cherchais Quelque Chose, et je ne savais pas quoi. Comme vous, n'est-ce pas ? Et là, Dieu s'est manifesté à moi. Il m'a Ordonné de Fonder une Ville tout près de ce lac d'eaux vertes. Et je lui ai Obéi. Désormais, chaque membre de notre Communauté vient en Pèlerinage dans cette combe pour remercier le Seigneur. C'est un Lieu de Naissance, un Lieu pour Revivre dans la Foi. Votre évanouissement n'est qu'un Premier Pas vers Lui.

Bella Rossa ne savait plus quoi penser. Les mots du révérend entraient en elle d'une manière étrange, vibrante et convaincante. Elle n'arrivait plus à concentrer son esprit sur autre chose. Le révérend lui caressa la joue. Elle ne sursauta même pas.

– Laissez-Le venir à Vous. Vous êtes prête. Il vous Attend.

– Où ? demanda faiblement Bella Rossa.

– Là-bas, dans la cabane en rondins.

Que se passa-t-il dans la cabane ? Durant les années qui suivirent, Bella Rossa eut beau chercher dans sa mémoire, elle ne s'en souvint jamais.

De retour à Medicine Field, elle avait mal au ventre, à la poitrine, et elle se sentait malade, sans doute à cause de l'alcool mentholé et de toute cette atmosphère étrange qui lui avait brouillé l'esprit. Ole Garson ne la conduisit pas auprès de Lom'Pa et Jaroslaw. Il la ramena chez lui.

Sans attendre ses ordres, Nita avait préparé un bain chaud. Elle préparait toujours des bains chauds pour les femmes qui revenaient du pèlerinage à la combe.

Bella Rossa resta longtemps dans l'eau fumante, prostrée, à demi consciente.

Chapitre 17

Tôt le lendemain matin, Jaroslaw vint frapper chez le révérend. Il avait fini par s'inquiéter de ne pas voir Bella Rossa. Il était grand temps de se présenter au marché afin d'obtenir un bon emplacement pour la carriole.

Ce fut Nita qui lui ouvrit la porte.

– La jeune dame dort encore, objecta-t-elle.

– Eh bien, réveillez-la, s'il vous plaît !

Nita le fit entrer et lui demanda de patienter dans la salle à manger. Il pouvait se servir à sa guise dans les paniers de fruits, elle ne serait pas longue.

Jaroslaw se sentait d'excellente humeur. Il réchauffa sa main devant l'âtre. L'automne était précoce dans ces régions, et les températures tombaient chaque jour un peu plus. Il observa les tableaux, les bibelots, les rideaux. Décidément, Medicine Field était une ville extraordinaire ; il avait pu le vérifier durant ces deux journées. Tout y était beau, luxueux, opulent. Un paradis.

– Nous Devons prendre Soin de ce que le Seigneur nous a donné, attaqua sans préambule le révérend Garson en entrant dans la salle. N'êtes-vous pas d'accord ?

Jaroslaw sursauta. L'homme se tenait devant lui, les mains sagement croisées sur le ventre.

– Je suis venu chercher Bella Rossa, expliqua Jaroslaw.

– Nita m'a averti de votre visite. Je vous en prie, asseyez-vous. J'ai demandé qu'on nous apporte du Café.

– C'est que... nous sommes pressés. Le marché est en train de commencer, et Lom'Pa nous attend dans la carriole.

Le révérend prit place à la table. Il soupira :

– Je crains que vous ne deviez vous passer de notre Charmante Invitée...

– Elle est malade ? blêmit Jaroslaw. Dites-le-moi ! Elle a des douleurs dans le ventre ? Le chirurgien m'a bien dit de...

– N'ayez crainte, l'interrompit le révérend. Elle a été un peu... secouée, disons, mais elle va Bien. Elle Prie.

– Elle prie ? s'étrangla Jaroslaw.

– Oui.

Le révérend joignit les mains et garda le silence un moment. Médusé, Jaroslaw restait debout, sans pouvoir faire un geste. Dans un coin de la pièce, une pendule égrenait les secondes avec un tic-tac froid et métallique.

– Alors, comment avez-vous trouvé l'accueil à Medicine Field ? s'enquit soudain Ole Garson, comme s'il sortait d'une profonde méditation.

– L'accueil ? répéta bêtement Jaroslaw. Eh bien... je dois dire...

Rougissant un peu, il bafouilla des platitudes et des remerciements.

– Les femmes de notre Communauté ont le Sens de l'Hospitalité, affirma Garson avec un sourire entendu. C'est ce qu'apprécient les voyageurs de passage, en général. Nos maisons sont Discrètes, mais on y trouve le Nécessaire, n'est-ce pas ? Même les plus exigeants découvrent ici une certaine forme de Paix. Un repos pour l'Esprit ou le Corps, c'est selon.

Jaroslaw fronça les sourcils. Garson le décontenançait. Il fallait en finir.

– Où est Bella Rossa ? Il faut qu'elle...

– Ttt, fit le révérend. Je vous l'ai dit : elle Prie. Nul ne peut interrompre la Prière d'une Âme Pure comme la sienne. Ce serait un Sacrilège Impardonnable.

Jaroslaw se mit à avoir très chaud tout d'un coup. Il allait s'énerver lorsque Nita pénétra de nouveau dans la salle.

– La jeune dame ne souhaite pas descendre, murmura-t-elle. Elle m'a demandé de vous dire qu'elle ne veut plus vendre ses objets au marché. Elle considère que ce n'est pas la place d'une honnête chrétienne.

– Foutaises ! cria alors Jaroslaw en perdant toute mesure. Qu'est-ce que vous me chantez ? Vous mentez ! Laissez-moi la voir !

Le révérend se leva d'un bond. Il était grand, carré, plein de cette assurance particulière que la foi procure aux illuminés de son espèce.

– Vous êtes dans la Maison d'un Homme de Paix, énonça-t-il. Ici, chacun est Libre. Votre compagne a Choisi. Vous Devez respecter son Choix.

Tout en parlant, il repoussa Jaroslaw vers la porte.

– Elle a Connu la Lumière. Maintenant, son Âme égarée peut Renaître dans la Foi. Laissez-la. Partez ! Elle ne veut plus vous Voir !

Jaroslaw étouffait. Il était tellement sidéré par l'aplomb du révérend qu'il se laissa refouler dehors sans pouvoir dire un mot. Lorsque la porte claqua, il sentit le sang battre dans ses tempes. La colère le submergea entièrement. Qui était réellement ce révérend ? Qu'était donc cette ville qui proclamait partout la Paix du Seigneur et qui osait le priver de

Bella Rossa ? De quelle Vertu parlait-on, alors qu'on l'avait logé dans une maison de passe, où des filles à moitié nues avaient défilé dans sa chambre durant deux jours ? D'où venait tout cet argent, toutes ces femmes en bottines et ces hommes policés ? Jaroslaw s'était laissé bercer par les douceurs de Medicine Field, mais c'était fini ! Il connaissait suffisamment Bella Rossa pour savoir qu'elle ne renoncerait à ses casseroles que sous la menace. Et leur amour ? Aucun Dieu ne pouvait le détruire de cette façon !

Avec une boule de rage dans la gorge, il courut jusqu'à la carriole.

– Et alors ? demanda Lom'Pa en le voyant seul. Où c'est qu'elle est, c'te grosse larve ? Me dis pas qu'elle pionce encore ?

Jaroslaw s'empara de son fusil.

– Préparez-vous au grabuge, dit-il seulement.

Et il se précipita vers la maison du révérend.

À cette heure, la ville était déjà très animée. Les marchands affluaient de tous les environs et venaient embouteiller la rue principale. Devant les boutiques, on montait les étals, et personne ne prêta attention à la fureur de Jaroslaw.

Il frappa à la porte avec la crosse de son fusil.

– Ouvre, sale menteur ! Ouvre, ou je fracasse tout !

Il tambourina durant plusieurs minutes, jusqu'à ce que Ole Garson reparaisse : il s'encadra dans la porte, un revolver à la main. Il ne souriait plus et pointait le canon de son arme vers Jaroslaw :

– Allez-vous-en, jeune homme. Ceux qui ont voulu forcer ma Porte ne sont plus là pour le raconter. Ils dorment en Enfer.

De son bras unique, Jaroslaw visa le révérend.

– Vous l'avez dit vous-même, espèce de charlatan : nous devons prendre soin de ce que le Seigneur nous a donné. Rendez-moi Bella Rossa.

La scène qui se déroulait devant la maison finit par attirer les regards. Des badauds s'arrêtèrent et, voyant leur révérend menacé, ils interpellèrent Jaroslaw. Certains s'approchèrent en proférant des insultes, et le révérend esquissa un rictus :

– Celui qui touchera un Cheveu de Ole Garson aura toute la Ville à dos. Baissez votre arme, jeune homme. Sans quoi, vous finirez pendu.

Derrière Jaroslaw, la foule s'amassait. Les femmes commençaient à crier, les hommes serraient les poings. Le révérend tenait son auditoire. Il s'exclama :

– Ce manchot, ce vaurien, veut arracher à notre Communauté une jeune femme qui a connu la Lumière ! Il veut s'interposer entre elle et le Tout-Puissant ! Il se croit Plus Fort que Notre Seigneur ! Croyez-vous que nous allons le laisser faire ?

Une rumeur hostile monta de la foule. Jaroslaw était pétrifié. Il tenait le révérend dans sa ligne de mire, mais il ne pouvait pas tirer. Au moindre mouvement, tout Medicine Field lui tomberait dessus. C'était une cause désespérée ; mais la partie était entamée...

Sans se retourner, il s'écria :

– Cette femme est ma femme ! Qui êtes-vous pour décider à sa place ? Son père est là-bas, dans cette carriole : il l'attend ! Nous ne sommes que des colporteurs, et nous ne cherchons pas la bagarre ! Laissez-la partir !

– Partez ! Oui, partez ! rétorqua le révérend d'une voix de stentor. Mais cette femme Merveilleuse et Pure, cette Chrétienne restera parmi les Chrétiens ! Elle n'est pas votre Femme ! Elle a épousé notre Cause !

À cet instant, une fenêtre s'ouvrit avec fracas au premier étage de la maison et la chevelure rousse de Bella Rossa éclata au grand jour. Elle se pencha dans le vide, hagarde, le visage ravagé par les larmes :

– Jaro ! hurla-t-elle.

Les regards se braquèrent sur elle. Le révérend tressaillit, et Jaroslaw, sans le lâcher des yeux, raidit son bras sur la crosse de son fusil.

– Ils sont fous, ici ! hurla Bella Rossa. J'veux partir !

Elle se débattait tandis que des mains qui l'avaient saisie par les épaules tentaient de la faire rentrer à l'intérieur.

– Me laisse pas ! Jaro !

Un coup de feu claqua soudain derrière l'assemblée, et des cris fusèrent de toutes parts. Ole Garson eut un mouvement de surprise en apercevant l'homme qui venait de tirer. Sans savoir ce qui se passait vraiment, Jaroslaw profita de la confusion pour bondir vers le révérend. Il lui enfonça le canon de son fusil dans le cou.

– Jette ton arme, grogna-t-il entre ses dents serrées.

La foule, stupéfaite, contemplait l'intrus qui avait osé tirer. Garson grimaçait. Il vacillait sur ses grandes jambes. Sous la pression de Jaroslaw, il finit par lâcher son revolver. L'objet tomba sur les marches et dégringola à terre. Alors, seulement, Jaroslaw jeta un regard vers l'homme qui venait d'apparaître.

Il se tenait assis sur un cheval indien, qu'il montait à cru. Il était plutôt petit. Son visage raviné par le temps et les mèches blanches qui frisaient sous son chapeau laissaient supposer son âge, mais il émanait de lui une impression de force extraordinaire.

– Ole Garson, sale fumier ! cria-t-il. Rends à cet homme ce qu'il te réclame !

Sur ce, il réarma son fusil, et des femmes quittèrent la foule en courant. L'affolement gagnait. Le bloc humain qui, tout à l'heure, était soudé autour de son chef se disloquait peu à peu. Les hommes courbaient l'échine et reculaient lentement vers les boutiques. Bientôt, il ne resta presque plus personne devant la maison du révérend, et un silence de mort s'abattit sur la ville.

À la fenêtre, Bella Rossa gémissait. En bas, dans l'encadrement de la porte, la gorge de Ole Garson palpitait sous le canon de Jaroslaw.

Pas un mot de plus ne fut prononcé. L'inconnu fit avancer son cheval et mit le révérend en joue. D'un hochement de tête, il fit signe à Jaroslaw qu'il pouvait aller chercher sa femme.

Jaro abandonna Ole Garson à son sort, traversa la maison en courant, grimpa à l'étage, bouscula Nita et l'autre servante, qui s'étaient réfugiées dans le corridor, et entra dans la chambre du fond. Lorsqu'il prit Bella Rossa contre lui, il sentit sa peau brûlante de fièvre. Il rassembla rapidement ses affaires, puis il la soutint de son mieux pour descendre. Bella Rossa était très faible, mais elle pouvait marcher.

Quand ils arrivèrent au seuil de la maison, Ole Garson s'était agenouillé. Le menton sur la poitrine, il priait sous la menace du fusil. La rue était vide. Les bâches claquaient dans le vent sur les étals abandonnés.

Jaroslaw guida Bella Rossa jusqu'à la carriole.

– Vous v'là ! soupira Lom'Pa. Qu'est-ce qui s'passe, nom d'un chien galeux ?

Le vieux, immobilisé sur son tonneau, n'avait rien vu. Il avait seulement entendu les cris, les coups de feu, les menaces. Son visage était tout blanc.

Bella Rossa se faufila sous la bâche et s'effondra contre les sacs. Jaroslaw sauta sur le banc et fit avancer les vaches. À côté de l'attelage, le fidèle cheval se mit au trot. En passant devant la maison du révérend, Jaroslaw salua d'un signe de tête l'homme qui venait de leur sauver la mise.

Et c'est ainsi, dans un silence épais de terreur, que les trois colporteurs quittèrent Medicine Field. Le marché était figé, sans acheteur ni vendeur. Le vent faisait rouler les boules de chardons. La Paix du Seigneur, annoncée sur la pancarte à l'entrée de la ville, avait déserté les lieux. Bella Rossa tremblait de fièvre sous l'effet des drogues que Ole Garson lui avait administrées.

En quittant la rue principale, juste avant de s'enfoncer dans le pays des Hommes Rouges, Jaroslaw cracha par terre.

Chapitre 18

À peine une heure plus tard, alors qu'ils avaient dépassé la combe et le lac d'eaux vertes, ils furent rejoints par l'homme sur son cheval indien. Jaroslaw l'accueillit par un hochement de tête respectueux. Ce vieil homme, très digne sur sa monture tachetée, lui inspirait désormais une confiance sans limites. Aussi, lorsqu'il lui suggéra de le suivre et de rester sous sa protection, Jaroslaw n'hésita pas un instant. Bella Rossa s'égarait dans les limbes de la fièvre ; elle avait besoin de soins et de repos.

– Je saurai la faire revenir, affirma l'homme. Je connais les drogues du révérend.

Ils cheminèrent ensemble, gravement, jusqu'au pied des premières montagnes, sans croiser personne. La nuit tomba. Un air froid soufflait sur ces vallons, et de la buée sortit bientôt des naseaux des chevaux.

L'homme conduisit ses protégés jusqu'à une grotte dont l'entrée était masquée par d'épais feuillages. Il aida Jaroslaw à transporter Lom'Pa et Bella Rossa tout au fond, sur des couvertures. Puis, toujours silencieux, il s'employa à préparer un grand feu au milieu d'un cercle de pierres déjà noircies par d'anciens feux. Jaroslaw admira ses gestes précis et calmes. Il était de ce genre d'humain auprès de qui la fureur du monde semblait s'apaiser un peu.

– Qui êtes-vous ? finit-il par demander.

– Mon nom est Nataniel Adams.

Sans autre commentaire, Nataniel alla fouiller parmi des caisses entreposées non loin du foyer avant de s'agenouiller près de Bella Rossa. Il posa ses mains sur son front, prit son pouls, lui ouvrit la bouche pour respirer son haleine. Lom'Pa et Jaroslaw l'observaient en réchauffant leurs doigts engourdis. Le claquement sec des brindilles résonnait entre les parois de la grotte. Dans le halo des flammes, l'air humide tremblait.

– C'qui m'faudrait, c'est un p'tit r'montant, déclara timidement Lom'Pa. J'suis frigorifié de l'intérieur comme c'est pas permis.

– Il y a du whisky dans mes affaires, indiqua Adams. Servez-vous.

Jaroslaw se leva. Il trouva une bouteille pleine dans l'une des caisses ; les autres étaient remplies de sachets en toile et de provisions diverses. Il y avait là de quoi tenir un siège. Sans doute cet homme étrange vivait-il dans cette grotte, comme un animal. C'était un drôle de refuge, mais, après tout, Nataniel Adams ne ressemblait à personne.

Revenant près du feu, Jaro tendit la bouteille à Lom'Pa, qui s'envoya une généreuse rasade au fond du gosier.

– Tiens, fils ! Fais-toi du bien, soupira le vieux paralytique en lui rendant le whisky. Ça vaut mieux que l'champagne des putes de Medicine Field !

Jaroslaw jeta un regard anxieux en direction de Bella Rossa. Il n'avait guère envie d'ébruiter ce qui s'était passé les jours précédents, ni les conditions si particulières de leur logement. Si Bella Rossa apprenait par quel genre d'hôtesses ils avaient été reçus, elle aurait certainement envie de lui fendre le crâne !

– Je suppose que Garson vous a mis en pension chez Miss Kathleen ? demanda Nataniel Adams.

– Miss Kathleen, c'est ça ! s'esclaffa Lom'Pa. Ça, on peut dire qu'elle sait y faire pour détendre la clientèle !

Inquiet, Jaroslaw surveillait Bella Rossa ; mais elle était trop mal pour entendre quoi que ce soit.

– Je connais les coups tordus de Garson, poursuivit Adams. Vous n'êtes ni les premiers ni les derniers à expérimenter les étranges commerces de Medicine Field. Une église et un bordel : le révérend appelle cela « Réconcilier le Corps et l'Esprit » !

Tout en parlant, il avait ouvert un sachet en toile. Il en versa le contenu dans un godet et le mélangea à un liquide de sa préparation. Jaroslaw s'approcha. Les joues de Bella Rossa étaient luisantes et cramoisies. Adams lui fit absorber lentement l'antidote.

– Elle va dormir profondément. Demain, elle sera sur pied, je vous le garantis.

Il se releva, rangea ses remèdes, puis fouilla dans ses caisses. Lorsqu'il revint près du feu, il tenait dans ses mains une énorme truite.

– Je l'ai pêchée ce matin, sourit-il.

Il embrocha le poisson et le plaça au-dessus des flammes.

Bella Rossa, le visage plus détendu, avait cessé de geindre. La nuit s'enroulait autour des trois hommes tandis que l'odeur du poisson grillé s'insinuait lentement dans leurs narines. À l'extérieur, les vaches et les chevaux respiraient bruyamment.

– Si vous n'étiez pas intervenu, j'aurais tué le révérend, dit soudain Jaroslaw.

– C'est ce qui arrivera, un jour ou l'autre, soupira Nataniel. La folie de cet homme le mènera au cimetière. Mais alors, il y aura un bain de sang à Medicine

Field. La population vit sous son autorité ; les gens ont placé leur foi dans ce détraqué.

– Pourquoi a-t-il eu si peur de vous ? Je l'ai vu pâlir. On aurait dit qu'il avait vu un fantôme.

Nataniel Adams eut un sourire indéchiffrable :

– Voulez-vous vraiment le savoir ?

Jaro fit signe que oui.

Alors, pendant que le fumet appétissant du poisson grillé envahissait la grotte, le vieil homme raconta son histoire.

Il était encore un petit garçon quand ses parents s'établirent dans ces contrées sauvages. Son père était pasteur. Il s'était donné pour mission d'évangéliser les Hommes Rouges. Durant plus de dix ans, il œuvra patiemment, et les tribus l'acceptèrent, lui et les siens, sur leur territoire. Et puis, des caravanes de pionniers arrivèrent : des files de chariots cahotant à travers les plaines, bourrés d'enfants en guenilles, de femmes épuisées et d'hommes rongés par la fièvre. Ils s'en allaient par-delà les montagnes, vers des régions où l'on disait avoir trouvé de l'or. Ils s'arrêtaient chez le pasteur Adams, campaient quelques jours, puis repartaient. Au fil des mois, il en vint de plus en plus. Le passage incessant des pionniers finit par déranger les Hommes Rouges. Les incidents se multiplièrent. Un jour, le pasteur et sa femme voulurent s'interposer dans une bagarre entre pionniers et Indiens. Ils se firent tuer tous les deux.

– J'avais quinze ans, soupira Nataniel. Je vivais dans ce pays. Je l'aimais. J'étais seul et accablé de chagrin, mais je suis resté dans la maison en rondins qu'avaient construite mes parents, au bord du lac d'eaux vertes. Les vieux Hommes Rouges m'ont pris sous leur protection. Ils m'ont appris leur savoir. Je suis devenu *medicine man*. Un fermier-médecin. Un Blanc-Indien.

Il retira le poisson des flammes, puis le partagea en trois et chacun mangea en se brûlant les doigts. La chair avait un goût limpide, une saveur sauvage d'herbe et de pluie. Nataniel reprit :

– Il y a sept ans, d'autres caravanes de pionniers sont arrivées. L'une d'elles était conduite par un homme ambitieux et sans scrupules.

– Ole Garson ? demanda Jaro.

Nataniel hocha la tête.

– Il ne se faisait pas encore passer pour un révérend à l'époque. C'était juste un mercenaire intelligent qui savait lire et écrire. Il avait de l'influence sur les autres. Quand il a découvert la combe où je vivais, quand il a appris mon histoire, les idées ont tourné à toute vitesse dans sa tête fêlée. Il a sans doute estimé que l'or de l'Ouest se trouvait encore loin et que, peut-être, il y avait une fortune à faire ici même.

Le vieil homme secoua sa tignasse blanche :

– J'aurais dû me méfier davantage, mais ce n'était pas dans ma nature d'être méfiant. Maintenant... oui. Je suis devenu un homme de soupçon.

Il raconta encore comment Ole Garson avait échafaudé toute une histoire autour de la combe et de la cabane de l'ancien pasteur Adams, comment il avait prétendu que ce lieu était sacré, habité par l'Esprit saint.

– Il a clamé partout que Dieu lui était apparu et lui avait parlé dans son sommeil. Et les autres l'ont cru ! Alors, Garson leur a ordonné de l'aider à fonder une ville, et voilà comment Medicine Field est née. En un an à peine, les maisons ont poussé comme des champignons. Chaque fois qu'une nouvelle caravane de pionniers arrivait, Ole Garson exigeait une taxe. Ceux qui voulaient traverser les rivières du pays des Hommes Rouges devaient payer cher : le révérend avait organisé un système de barques et de radeaux pour faire passer le bétail. C'était malin, et ce commerce l'a considérablement enrichi. Sans compter que chaque habitant de Medicine Field lui reverse un impôt exorbitant : une somme qui, d'après Garson, doit garantir à chacun la Vie Éternelle ! Et plus il amasse l'argent, plus il est respecté. Il a fondé une Église dont il s'est proclamé le maître, bâti un temple, converti les habitants à sa vision des choses.

– Et vous ? demanda Jaroslaw.

– Moi ? Moi, je savais ce qu'était véritablement un homme de Dieu. J'avais vu mon père mourir pour préserver la paix entre les hommes. Garson m'inspirait le plus profond mépris. Je me suis mis en travers de sa route, j'ai commencé à parler contre lui. Mais il était trop tard. Garson m'a désigné comme un homme néfaste, un diable. Et une nuit, il y a trois ans, il a envoyé une vingtaine d'hommes chez moi, près du lac. Ils m'ont menacé, ils ont volé mes biens. Finalement, ils m'ont aspergé d'huile et ils ont tenté de me brûler vif.

Jaroslaw ouvrait des yeux immenses et terrifiés pendant que Lom'Pa, allongé près du feu, osait à peine respirer. L'histoire qu'ils entendaient leur glaçait le cœur.

– Je me suis jeté dans les eaux du lac, reprit Adams. Je suis resté longtemps sous l'eau, et à la faveur de l'obscurité je me suis caché près des berges. Quand ils sont partis, ils me croyaient noyé. J'ai eu la force de m'enfuir et je me suis réfugié chez mes amis indiens. Ils ont soigné mes brûlures, mais...

Il poussa un autre soupir.

– Mais vous avez raison... je suis un fantôme. Car, cette nuit-là, les hommes de Garson ont tué une part de moi.

Un silence pesant suivit ces mots. Jaroslaw comprenait mieux l'effroi qui avait saisi les habitants de Medicine Field quand ils avaient vu reparaître cet homme qu'ils croyaient mort depuis trois ans.

– Je suis retourné souvent à Medicine Field, dit encore Nataniel. Sans me montrer, discret comme une ombre. Je profitais des jours de marché pour me fondre parmi la foule des marchands. J'ai assisté aux arnaques de Garson. J'ai vu de nombreuses jeunes filles abandonner leur famille pour rester à son service. Et la plupart ont fini prostituées chez Miss Kathleen... Ce matin, quand votre femme s'est penchée à la fenêtre, j'ai compris que je pouvais la sauver. Que je pouvais en sauver une. Au moins une ! C'est trop peu, mais je suppose qu'aux yeux de Dieu cela justifie les souffrances que j'ai endurées.

Jaroslaw hocha la tête, accablé, et le cœur plein de sentiments pénibles. Le récit avait épuisé leur hôte. Le vieil homme s'enroula dans une couverture et resta immobile devant les flammes qui mouraient. Peu à peu, les ténèbres s'épaissirent. Il ne subsista que quelques braises rougeoyantes dans le cercle de pierres.

Cette nuit-là, dans le silence de la grotte, Jaroslaw souffrit beaucoup à cause des souvenirs secrets de sa propre vie. Il savait que l'argent et le pouvoir engendrent la folie et le désespoir. En écoutant Adams, il venait de comprendre qu'au nom de Dieu le pire comme le meilleur pouvaient se produire. Les yeux grands ouverts, fouillant l'obscurité, il se demanda longuement pourquoi.

Bella Rossa fut debout dès le lendemain. Elle ne se souvenait pas des événements de la veille et, d'un accord tacite, les trois hommes décidèrent de ne plus parler de Medicine Field. Chacun s'arrangeait de ce silence, surtout Jaroslaw, qui n'avait pas la conscience en paix à cause de la maison de passe. Il redoubla d'attentions pour Bella Rossa, la couvrant de baisers et de couvertures.

– Ça va, bougonna-t-elle, j'suis pas en sucre !

Elle devinait, aux regards qu'il lui lançait, qu'elle avait échappé à quelque chose de terrible. Cela la contrariait un peu, mais elle n'eut pas envie de fouiller la question. À quoi bon ? Parmi toutes les calamités de l'existence, il est parfois commode d'en oublier quelques-unes.

Elle se concentra sur le présent : elle était soulagée d'avoir quitté la maison étouffante du révérend, mais elle ne comptait pas davantage moisir dans cette grotte humide. Elle voulait poursuivre sa route, poursuivre ses rêves. Cependant la présence de Nataniel la rendait curieuse. Tandis que ce dernier aidait Jaro à atteler les vaches, et profitant de ce que Lom'Pa ne pouvait pas entendre, elle se renseigna au sujet des pionniers italiens.

– Y a quinze ans, ils étaient une douzaine avec des chevaux, ça vous dit rien ?

Nataniel fronça les sourcils, tentant de trier les visages et les noms qui peuplaient sa mémoire. Il en avait tant vu ! Des Suédois, des Allemands, des Irlandais, des Anglais et des Hollandais, avec des chevaux, des ânes ou des mulets...

– Les Bonini et les Morelli, insista Bella Rossa.

– Lino Morelli ?

Le regard de Bella Rossa s'éclaira. Le père Morelli, elle s'en souvenait bien : un petit gaillard costaud comme un bœuf, qui avait travaillé en ville si longtemps, sur ce ponton où débarquaient les migrants venus du monde entier, qu'il avait appris à parler six langues, et qu'il les mélangeait toutes.

– Lino Morelli ! Bien sûr que je me souviens ! s'écria Nataniel. Quinze ans..., mais j'ai encore le son de son charabia dans l'oreille ! *« We andare nach montañas de gold ! »*

Bella Rossa vacilla sur ses jambes, et Jaro accourut pour la soutenir.

– Ils sont restés quelque temps chez moi, expliqua Nataniel avec un large sourire. Une des jeunes femmes était tombée malade. Je l'ai soignée. Comment s'appelait-elle ? Je me souviens seulement qu'elle était atteinte de délire et qu'elle pleurait sans cesse... Elle parlait d'un enfant qu'elle avait abandonné.

Le cœur de Bella Rossa se serra. Elle pâlit d'un coup. Jaroslaw, inquiet, l'obligea à s'asseoir dans l'herbe.

– Ornella..., murmura-t-elle.

Nataniel s'accroupit près d'elle :

– Oui, je crois que c'était son nom.

– Elle pleurait en parlant d'l'enfant, c'est bien vrai ? insista Bella Rossa.

– Comme je vous le dis.

– Où sont-ils partis ? demanda doucement Bella Rossa.

– Ils ont fait comme les autres, répondit le vieil homme sur un ton fataliste. Ils sont allés vers l'or. Par-delà les montagnes.

Bella Rossa s'agrippa à lui :

– Vous pouvez nous guider sur cette route ?

– Je connais mon pays par cœur, répondit Nataniel en ôtant son chapeau.

Et c'est ainsi qu'ils partirent, tous les quatre, en direction des montagnes. Lom'Pa avec une bouteille de whisky planquée sous les fesses, Nataniel fier d'avoir sauvé cette femme si belle, Jaroslaw profondément heureux de reprendre la route auprès d'elle, et Bella Rossa avec l'espoir fou d'avoir été aimée par sa mère.

Chapitre 19

Lom'Pa et Bella Rossa, qui n'avaient jamais vécu que sur des terres parfaitement horizontales, furent un peu effrayés par les montagnes. Ce paysage bousculé, cassé et colossal leur donnait le vertige. Assise sur le banc, Bella Rossa rentrait la tête dans les épaules à l'approche des hauts cols, lorsqu'il fallait serpenter à flanc de falaise. Le vide s'ouvrait sous les roues de la carriole : Lom'Pa dut boire toute la bouteille de whisky pour supporter l'épreuve.

Cela dura des jours et des jours.

Il faisait de plus en plus froid. Ils empilèrent vestes et cardigans pour ne pas claquer des dents.

Bella Rossa trouva Jaroslaw admirable. Il menait les vaches sans faiblir, fixant le dos de Nataniel comme un marin se repérant à un phare.

Ils dormirent dans des grottes, toutes plus sombres et inquiétantes les unes que les autres, mangeant des poissons de torrent et de petits rongeurs piégés par Nataniel.

Lom'Pa se mit à tousser. Jaroslaw l'installa au fond de la carriole, sur le matelas. Plusieurs soirs de suite, Nataniel lui massa la poitrine avec un onguent brûlant. Le vieux cria, pesta, et inventa tant d'injures que Nataniel finit par le laisser tousser.

Ils entendirent gronder les orages.

Des éclairs illuminèrent violemment leurs nuits.

Un jour, ils cassèrent un moyeu de la carriole en passant sur des éboulis de roches dures. Ils réparèrent les dégâts avec les branches basses d'un sapin.

Un autre jour, ils manquèrent d'être emportés par les eaux d'un torrent en crue et durent se réfugier dans des taillis serrés, pour assister, impuissants, au déluge qui noyait les alentours. Trempé jusqu'aux os, Lom'Pa toussa de plus belle.

Ils entendirent les hurlements des loups, sentirent la présence des ours, mais jamais ne les virent. Ces bêtes vivaient là, près d'eux ; cependant Nataniel avait appris à passer avec la légèreté d'une ombre sur leurs terrains de chasse.

Durant tout ce temps, peu de paroles furent échangées ; cette nature dangereuse et magnifique leur imposait le silence. Les souvenirs de la guerre, de Coyote Range, des photographes sur la plaine et de Medicine Field se diluaient dans leur mémoire. Il ne fallait songer qu'à avancer et à sauver sa peau.

Pourtant, de temps à autre, le soir, ils s'asseyaient en rond autour du feu, et Jaroslaw chantait des chansons polonaises. Cela ne les réchauffait pas beaucoup, car il était souvent question de neige, de solitude et de chagrin, mais la voix de Jaro était si belle ! Bella Rossa posait la tête sur son épaule et fermait les yeux. Dans ces moments-là, elle l'aimait tellement qu'elle se sentait prête à tout endurer. Au milieu de la nuit, ils faisaient l'amour sans bruit, avec leurs corps qui se cherchaient dans les ténèbres.

Enfin, par un jour de brume, ils atteignirent la dernière vallée. Au bord d'une rivière tumultueuse, cachées dans un repli du terrain, on distinguait les tentes d'un campement d'Hommes Rouges. Nataniel emmena ses compagnons dans la direction opposée, leur faisant comprendre qu'ils ne devaient pas déranger les familles rassemblées là pour l'hiver.

Bella Rossa descendit de la carriole et foula l'herbe humide qui couvrait ce fond de vallée. L'endroit était abrité du vent ; il n'y faisait pas trop froid.

– Nous resterons deux ou trois jours, expliqua leur guide. Juste le temps de reposer les bêtes. Ensuite, je vous quitterai. La piste est proche. Vous pourrez continuer vers l'ouest sans mon aide.

Bella Rossa sut d'emblée que la silhouette silencieuse et tenace de Nataniel lui manquerait, mais elle ne chercha pas à convaincre le vieil homme de les accompagner plus loin. En traversant ces montagnes, elle avait compris qu'il était ici sur son territoire, au même titre que les ours ou les loups. S'il passait la frontière, il se perdrait.

Nataniel donna une claque sur la croupe de son cheval, et l'animal partit seul, au galop dans la brume. Il revint une heure plus tard, traînant derrière lui un lourd chargement, et portant sur son dos une femme indienne. Lorsqu'elle découvrit Jaro et Bella Rossa, elle eut un mouvement de surprise, mais Nataniel l'apaisa en lui parlant dans sa langue.

– Je vous présente Douce-Espérance, ajouta-t-il pour ses compagnons.

Douce-Espérance sauta à terre et vint se blottir entre les bras de Nataniel. Bella Rossa et Jaro baissèrent pudiquement les yeux, tandis que Lom'Pa s'esclaffait :

– Ben, mon cochon ! On fait l'sauvage et l'homme des cavernes, mais on s'embête pas !

Douce-Espérance avait apporté avec elle des peaux et des pieux. Suivant un arrangement ancien, chaque fois que Nataniel passait dans cette vallée, les Hommes Rouges lui prêtaient de quoi monter un tipi. Il vivait ainsi quelques jours, à l'écart mais à l'abri, et les membres de la tribu lui rendaient des visites rituelles. Douce-Espérance se débrouillait toujours pour être la première.

Grâce aux efforts conjugués de tous et sous le regard incrédule de Lom'Pa, la tente en peau prit bientôt forme.

– Vous m'ferez pas roupiller la-d'dans ! décréta le vieux. J'dormirai jamais sous la dépouille d'une bête morte !

– Vous avez tort, répliqua Nataniel. Il fait bien plus chaud dans un tipi que dans votre chariot.

– J'm'en fiche ! J'préfère claquer des dents plutôt que d'empester l'bison crevé pendant des jours !

Les autres eurent beau insister, Lom'Pa ne voulut rien savoir, si bien qu'à bout de patience Jaro et Bella Rossa le remontèrent dans la carriole.

Le lendemain, c'est presque tout le campement indien qui leur rendit visite. Les enfants se montrèrent curieux et eurent vite fait de donner des surnoms à ces drôles de blancs-becs : Jambes-Mortes, Une-Main et Mamelles-de-Vache. Nataniel ne put s'empêcher de rire lorsqu'il traduisit ces sobriquets.

Les hommes fumèrent ensemble, en silence, une longue pipe qui exhalait une fumée odorante.

Les femmes, quant à elles, entourèrent Bella Rossa et demandèrent à voir sa marchandise. À grand renfort de gestes, Bella Rossa improvisa des démonstrations : comment se servir d'un chauffe-plats, d'un moulin à poivre ou d'un fer à repasser. Elle n'en avait elle-même qu'une vague idée, mais elle y mit tant de cœur que les Indiennes la prièrent de recommencer.

Finalement, ces dernières proposèrent leurs mocassins, leurs robes et leurs bijoux en échange d'un chandelier, d'un poinçon à glace ou d'une série de pots en faïence. Ce troc fut le premier acte marchand de Bella Rossa. Elle se tourna alors vers Jaroslaw et fit un signe de victoire.

Il sourit.

Tout en crachant des ronds de fumée, il jetait des coups d'œil langoureux vers ce rassemblement de femmes qui riaient et chantaient sous le ciel froid de l'après-midi. Tant de beauté le faisait soupirer.

Le soir venu, Bella Rossa s'endormit le cœur léger. Elle avait l'impression que les pires épreuves étaient derrière elle et que leur arrivée dans cette vallée annonçait une période plus faste, des temps où vivre serait enfin plaisant.

Mais, au milieu de la nuit, elle se réveilla en sursaut. Il y avait des bruits au-dehors. Des frôlements, des murmures. Elle songea avec effroi à Lom'Pa qui s'était obstiné à rester dans la carriole. Peut-être avait-il besoin d'aide ? Elle se leva à tâtons. Son inquiétude grandit lorsqu'elle constata que Jaroslaw n'était plus sous le tipi : à sa place, il ne restait qu'un fouillis de couvertures refroidies. Elle s'enroula dans une veste en peau et sortit dans la nuit.

Le ciel dégagé arrondissait sa coupole d'étoiles au-dessus des montagnes. La température était si basse que les brins d'herbe s'étaient couverts de gel et crissaient sous ses pas. Elle s'approcha de la carriole et tendit l'oreille. Lom'Pa ronflait.

Un craquement la fit sursauter. Était-ce une bête qui rôdait ? Elle se dissimula derrière la carriole en voyant des ombres avancer vers le tipi. Et là, malgré la nuit, elle distingua bientôt ce qu'elle n'aurait jamais voulu voir… Deux silhouettes qui s'enlaçaient et s'embrassaient en gloussant. L'une d'elles était une jeune fille indienne. Et l'autre, elle l'aurait reconnue entre mille : c'était Jaroslaw.

Les jambes de Bella Rossa devinrent très molles. Pour ne pas s'effondrer, elle s'accrocha au marchepied de la carriole.

Ses yeux perçaient l'obscurité. Elle percevait tout nettement : Jaro qui bécotait le cou de la fille, sa main qui fouillait ses vêtements, et puis la fille qui ondulait sous ses caresses.

Finalement, les deux amants se séparèrent. L'ombre de l'Indienne s'éloigna en direction du campement des Hommes Rouges, et Jaro resta planté sous la voûte du ciel, la tête renversée, avec son souffle qui s'élevait en nuage au-dessus de sa bouche. Ensuite, il baissa le menton et s'attarda un moment dans cette position.

Pour l'avoir déjà vu faire, Bella Rossa sut ce qu'il fabriquait : il essayait de reboutonner son pantalon d'une seule main.

Troisième partie

Chapitre 20

Pour Bella Rossa, le choc fut si rude qu'elle perdit d'un coup toutes ses illusions.

Elle avait cru que Jaroslaw lui appartenait, que leur amour était une évidence, et qu'il suffisait de dormir collé l'un contre l'autre pour que cela dure toujours. C'était une erreur.

De la même façon, elle s'aperçut que les lois du commerce étaient presque aussi compliquées que les lois de l'amour, et qu'il ne suffisait pas d'exposer sa marchandise pour la vendre : faire fortune se révéla plus difficile que prévu.

Quant à l'espoir de revoir sa mère, il diminua au fil des jours, lorsqu'elle vit ce qu'était vraiment l'Ouest : une fourmilière grouillante, une contrée immense et insaisissable, sans cesse remodelée par les tribulations de tous les miséreux en quête d'or. Dans un endroit pareil, comment retrouver Ornella Bonini ? Il aurait fallu croire en Dieu, peut-être, pour continuer le voyage avec la même conviction qu'autrefois. Mais Bella Rossa n'avait pas conservé la Bible du révérend Garson. Elle devait se débrouiller avec ce que la vie lui avait donné : une poitrine démesurée, un père irascible, deux vaches, un drôle de cheval, une pépite de plomb qui naviguait dans ses entrailles, la carriole, et cette force obstinée qui, depuis l'enfance, lui permettait de surmonter les calamités.

Était-ce justement par habitude des calamités qu'elle n'avait pas pu se séparer de Jaroslaw ?

Certes, la nuit où elle l'avait surpris avec l'Indienne, elle avait tout d'abord envisagé de le planter là et de s'en aller avec Lom'Pa et la cargaison de casseroles.

Mais Jaroslaw, ne la retrouvant pas dans le tipi, en était ressorti inquiet, fébrile, l'appelant par son nom au milieu du silence et du froid. Il avait fini par la dénicher, recroquevillée derrière la carriole, et, là, il l'avait serrée fort contre lui. Il avait recueilli son chagrin, il lui avait parlé avec sa voix douce : cette Indienne n'était rien, un fantôme de passage. Elle disparaîtrait sans laisser de trace. Ce qui comptait, c'était le véritable amour, celui qui les avait happés, eux deux, sous la tente militaire. Voilà ce qu'il lui avait dit, en touchant ses joues, en embrassant ses yeux.

Bella Rossa se sentait trahie et humiliée, mais au fond elle savait qu'il avait raison. Jaro était son amoureux, son amant, l'homme de sa vie : comment se résoudre à poursuivre la route sans lui ?

Ils étaient donc repartis ensemble, dès le lendemain, faisant des adieux précipités à Nataniel, aux montagnes et à Douce-Espérance. Le vieux *medicine man* avait juste eu le temps de leur donner quelques sachets d'herbes et de poudres bizarres qui, fumées, chiquées, avalées ou inhalées, pouvaient les guérir de tout. De tout, sans doute, sauf du mal d'amour.

La piste des pionniers s'était alors ouverte devant eux, les emportant vers ces confins du territoire où sévissait la fièvre de l'or.

Là, tout était sens dessus dessous, exactement comme le cœur de Bella Rossa. Par endroits, la terre avait été trouée, retournée, fouillée par des centaines de pelles : les chercheurs d'or lui avaient fait rendre ce qu'elle cachait. Puis, une fois le filon exploité, ils s'en étaient allés, laissant derrière eux des galeries profondes qui s'éboulaient.

Pourtant, ailleurs, la roche scintillait, et les rivières charriaient des pépites.

« De l'or ! De l'or ! »

La nouvelle se répandait avec le vent. En un rien de temps, les prospecteurs déferlaient, avec leurs pioches, leurs gamelles vides et leurs yeux fous. Les tentes poussaient comme du chiendent, et tout le monde se mettait au travail : beaucoup d'hommes, quelques femmes et quelques vieillards, chacun pataugeant dans le courant, un tamis à la main.

Des villes sans nom naissaient ainsi le long des routes de l'or. Il fallait sans tarder nourrir les hordes de mineurs affamés, les vêtir, les distraire et étancher leur soif. On embauchait des convoyeurs de bétail, des mercenaires pour conduire les diligences, transporter le courrier et la boisson ; on réclamait des épiciers, des tailleurs ; on engageait à tour de bras des garçons bouchers, des charpentiers et des danseuses de cabaret. De chaque côté des montagnes, des ouvriers chinois posaient les rails d'un chemin de fer, tandis que d'autres plantaient les poteaux du télégraphe au milieu du désert, et l'on sentait confusément que quelque chose d'énorme, de moderne, d'incommensurable, se préparait ici.

Si elle n'avait pas perdu brutalement ses illusions, Bella Rossa aurait apprécié cette atmosphère excitante. Elle aurait mis son énergie au service de son commerce, et les affaires auraient pu démarrer, enfin ! Au lieu de quoi, elle sillonnait la région comme une âme en peine. Car Jaroslaw avait beau lui jurer qu'il l'aimait ; combien de fois, dans les temps qui suivirent leur départ des montagnes, le surprit-elle en train de reboutonner son pantalon ?

Elle ne comptait plus.

Chaque fois qu'elle arrêtait la carriole quelque part, elle savait qu'il s'éclipserait dans un coin de grange, un fourré ou une botte de foin, avec une fille.

La vie devenait impossible. Tiraillée entre la colère, le chagrin et l'incompréhension, Bella Rossa n'avait trouvé qu'un moyen pour exprimer ce qu'elle éprouvait : le silence. Et plus elle se renfermait, plus Jaro cherchait de réconfort dans les bras des brunes ou des blondes que le hasard mettait sur leur route.

Pris dans ce cercle vicieux, leur amour étouffait.

D'une manière générale, d'ailleurs, le climat de l'Ouest était étouffant. Après les rigueurs des montagnes, les trois voyageurs s'étaient fait surprendre par la chaleur moite qui stagnait au fond des vallées encaissées où ils progressaient maintenant. Pas d'air, pas d'ombre : rien que des cactus, des insectes et de la poussière rouge.

– Saletés d'moustiques ! bougonnait Lom'Pa à longueur de journée. Y m'sucent le sang jusqu'à la moelle. Allez, fils, trouve-moi quequ'chose à boire ! C'est pas humain, une chaleur pareille !

– Vous savez bien qu'on n'a plus une goutte d'alcool, répondait Jaro. « Et plus grand-chose à manger », songeait-il avec inquiétude.

À côté de lui, le visage crispé, les lèvres sèches, Bella Rossa continuait de se taire. Son regard, d'ordinaire si vif, s'était éteint. En une semaine, ils n'avaient vendu que deux poêlons et une marmite. L'argent ne rentrait pas ; elle s'en moquait. Elle menait la carriole d'un camp de mineurs à un autre, en donnant machinalement des coups de baguette aux vaches.

– J'croyais qu'on d'vait faire fortune ! s'impatientait Lom'Pa. Si c'était pour crever d'soif, c'était bien la peine d'voyager si loin, tiens ! Ramène-moi au pays, tu m'entends, la muette ?

Bien entendu, Bella Rossa ne répondait pas.

Et les journées passaient ainsi, jusqu'à ce qu'ils fassent halte, le soir, près d'une de ces villes à demi construites où d'autres miséreux retournaient la terre en quête des fameuses pépites. Jusqu'à présent, Bella Rossa n'en n'avait pas vu une seule : l'or était dans toutes les têtes, mais rarement au fond des tamis.

Globalement, la situation était lamentable.

Et elle le serait peut-être restée, si un jour, alors que la carriole cahotait en direction d'un patelin nommé Justice Fork, le cheval ne s'était brutalement cabré, un peu plus loin, après un virage.

Bella Rossa ralentit les vaches et Jaro attrapa le fusil, tandis que Lom'Pa étirait le cou pour apercevoir ce qui avait pu effrayer l'animal.

En avançant, ils découvrirent une forme allongée en travers du chemin : un homme était étendu là, le visage dans la poussière, raide comme la mort.

Chapitre 21

– Eh ben ! En v'la un qu'a plus soif, commenta Lom'Pa.

Jaro sauta à terre et, le fusil sous le bras, s'approcha prudemment du cadavre. L'air absent, Bella Rossa le suivait des yeux sans rien dire. Du bout de sa botte, il retourna le corps inerte.

– Pauvre gars, murmura-t-il.

Il s'agenouilla.

L'homme était maigrichon. Il ne portait pas de trace de blessure, n'était vêtu ni comme un chercheur d'or, ni comme un fermier ; c'était sans doute un citadin naïf, victime de la sécheresse ou d'une morsure de serpent.

– Dégage-le d'not'route, fils ! dit Lom'Pa. Y a plus rien à faire pour c'macchabée !

Jaro hésita, puis se décida à lâcher son arme. Au moment où il se penchait vers le mort, un bruit dans les buissons qui bordaient la piste attira son attention. Il haussa les sourcils en voyant surgir des taillis un petit animal poilu et pas farouche.

– Ça alors ! sourit Jaro. Un oposs...

Il ne put achever sa phrase. Le mort venait de le saisir à la gorge, puis, d'un geste rapide et précis, il s'était emparé du fusil posé à terre.

– On reste calme ! ordonna le cadavre.

Lom'Pa pâlit sur son tonneau, et Bella Rossa eut un hoquet de surprise. Le mort n'était pas mort ! Il étranglait Jaroslaw d'une main et visait maintenant la carriole avec le canon du fusil. Quant à l'animal poilu qui s'était caché dans les buissons, il grimpa sur l'épaule de l'inconnu et vint se pelotonner contre son cou.

– Bien joué, Op ! le félicita son maître en lui caressant la tête.

La petite bête écarta ses oreilles en éventail. Sa longue queue balayait l'air et son museau effilé remuait au rythme d'une respiration saccadée. C'était bien un opossum.

L'homme se releva, obligeant Jaroslaw à l'imiter, puis il s'adressa à Bella Rossa :

– Charmante rencontre que celle-ci ! Je suis très honoré de détrousser une si belle femme ! D'ordinaire, je tombe sur de vilains prospecteurs édentés, ça me change !

Le ton de sa voix se fit moins mielleux :

– Votre or ! Vite !

Bella Rossa ne savait comment réagir. Depuis des jours, elle n'avait pas prononcé une seule parole ; sa gorge restait bloquée. En revanche, Lom'Pa était revenu de sa frayeur :

– Qu'est-ce que c'est que c'te mascarade ? s'énerva-t-il. Depuis quand qu'les morts ont b'soin d'or ? Laisse-nous passer, canaille ! Et r'tourne en enfer !

L'homme plissa les yeux d'un air mauvais. Son visage couvert de poussière était craquelé et sec comme de l'écorce. Bella Rossa l'observait avec curiosité ; il ne lui faisait pas vraiment peur. Pourtant, quand il déporta la pointe du fusil sur la tempe de Jaro, elle comprit qu'il ne plaisantait pas :

– Votre or, ou je fais sauter la cervelle de votre camarade.

Jaroslaw regardait intensément Bella Rossa. Il ne tremblait pas. Il la fixait simplement, le souffle court.

– Si tu veux d'l'or, t'es pas verni ! s'esclaffa Lom'Pa. Déjà qu'on n'a plus d'whisky ! Si tu dégottes un truc de valeur dans c'te fichue carriole, fais-le-moi savoir !

L'homme appuya davantage sur la tempe de Jaroslaw. De son autre main, il fouilla sous sa veste crasseuse et dégaina un revolver.

– On n'arnaque pas un arnaqueur, dit-il, les mâchoires crispées. Vous n'avez jamais entendu parler de Zeb l'Opossum ? Je parviens toujours à mes fins, ne jouez pas au plus malin avec moi !

Bella Rossa passa la langue sur ses lèvres sèches. Les circonstances exigeaient qu'elle sorte de son mutisme. Alors, les yeux plantés dans ceux de Jaro, elle articula péniblement ces mots :

– Tuez-le, ça m'est égal.

Un éclair de détresse traversa le regard de Jaroslaw.

– Faut pas l'écouter, elle débloque ! rigola Lom'Pa. C'est l'soleil qui lui cogne sur l'crâne !

– J'sais c'que j'dis, reprit froidement Bella Rossa. Tuez-le. Ça m'fera d'l'air.

Totalement déconcerté, Zeb l'Opossum raidissait son bras sur le fusil. Il contemplait Bella Rossa d'un air ahuri. Jamais il n'avait vu une femme de cette sorte, arborant une paire de seins aussi avenante que monumentale, en même temps qu'une figure parfaitement glaçante.

Lom'Pa bouscula Bella Rossa d'un coup de coude :

– Y en a marre, de c'te comédie ! s'emporta-t-il. Si tu peux plus supporter ton Polonais, ça t'regarde ! Mais tu vas pas laisser c'rigolo le zigouiller comme un pauv'chien, c'est pas humain !

Le vieux paralytique se tourna vers le bandit et il expliqua :

– Ça fait une semaine qu'y s'causent plus, ces deux-là. Du coup, les clients s'font rares. Tu crois p'têt' qu'c'est agréable d'acheter des ustensiles à une mégère qu'ouvre pas son clapet ? Fouille c'chariot, tu verras : tout c'qu'on a à r'vendre, c'est d'la mauvaise humeur !

Zeb l'Opossum poussa un soupir découragé. Ces trois-là étaient plus coriaces que ses proies habituelles. Le sang-froid de la rousse et les palabres du vieux lui embrouillaient la tête... Il enfonça le canon du fusil entre les omoplates de Jaro, et, gardant Bella Rossa dans la ligne de mire du revolver, il le força à rejoindre la carriole.

– Monte ! ordonna-t-il.

Jaro s'exécuta. Son agresseur grimpa derrière lui.

– Vas-y, l'encouragea Lom'Pa, retourne-moi c'bazar, et tu verras si j'dis pas la vérité.

Bella Rossa n'avait pas bougé. Assise sur le banc, elle serrait le poing sur sa baguette. Son cœur enflait dans sa poitrine, et une colère sourde grondait dans les tréfonds de son ventre. Depuis une semaine que ce flot de hargne montait, sûr qu'il n'allait pas tarder à déborder...

Dans son dos, Zeb l'Opossum farfouillait entre les sacs et les coffres à la recherche de son butin. Il avait rengainé son revolver et maintenait Jaro en joue.

– Alors ? triomphait Lom'Pa. J'avais pas raison ? Si t'as b'soin d'un balai ou d'une satanée bouillotte, surtout hésite pas à t'servir ! Personne nous achète rien, autant qu'ça fasse plaisir !

Brusquement, Bella Rossa se leva de son banc. D'un seul mouvement, elle bondit à l'arrière, sauta sur Zeb l'Opossum, le terrassa au milieu des marmites, et avant qu'il ait pu dire ouf, lui arracha le fusil des mains. Elle dénicha le revolver sous sa veste et l'expédia loin dans les buissons. Puis, la bouche tordue de colère, elle tourna le fusil vers Jaroslaw :

– T'es qu'un salaud ! cria-t-elle. Si c'minable veut pas te trouer la peau, c'est moi qui vais l'faire !

Jaroslaw recula, effrayé, pendant que le voleur se relevait en tremblant. Le petit opossum s'était carapaté de son épaule pour se réfugier entre deux moulins à poivre.

– Arrête..., murmura Jaroslaw.

– Non, j'arrête pas ! hurla-t-elle. C'est toi qui vas arrêter ! Tu crois sans doute que j'te vois pas courir après toutes les filles d'la région ? Tu crois p'têt' que j'vais t'laisser faire ?

Jaroslaw secoua la tête.

Bella Rossa flanqua un coup de pied rageur dans une boîte à épices, qui valdingua et atterrit sur la jambe de Zeb l'Opossum.

– Ouille, fit celui-ci.

Il se frotta vigoureusement la cuisse. Éberlué, il commençait à comprendre qu'il n'avait plus l'avantage. Son stratagème tombait à plat. Il n'avait pas de chance : ces trois pigeons-là étaient des fous. La fille aux gros seins, surtout ! Celle-ci, il valait mieux s'en éloigner... Il esquissa un mouvement de fuite.

– Bouge pas d'là, toi ! grogna Bella Rossa en le visant.

– C'est-à-dire que... tout bien examiné, bredouilla Zeb l'Opossum, je crois que vous aviez raison : je n'ai vu aucune pépite dans vos affaires. Alors, je vais m'en aller, et...

– Tu t'en iras quand j'te l'dirai, l'interrompit Bella Rossa. Si j't'envoie pas au diable avant.

Sur son tonneau, Lom'Pa lâcha un juron impatient.

– T'as un commentaire à faire ? lui lança Bella Rossa, excédée.

Elle aurait pu tirer dans le tas, là, tout de suite, mettre une décharge de plombs dans la tête de ces trois vauriens, tellement elle se sentait enragée. Il n'y en avait pas un pour racheter l'autre ; elle les détestait !

– Qu'est-ce que je peux faire ? demanda alors Jaroslaw.

Elle le dévisagea. Il était un peu pâle, visiblement très malheureux, très désemparé, et il la considérait gravement, avec ses yeux si bleus et si profonds qu'on aurait dit deux lacs de montagne. Il était tellement beau que Bella Rossa en eut le vertige.

Que pouvait-il faire ? C'était toute la question !

Elle aurait voulu crier : « Aime-moi ! N'aime que moi ! Ne t'occupe que de moi ! Ne t'approche plus d'aucune autre femme ! » ; mais autant demander à Jaroslaw de devenir son prisonnier. Ainsi négocié, à quoi ressemblerait ce genre d'amour ? À une guerre ? Ce n'était pas ce qu'elle désirait. Ce qu'elle voulait, c'était... oh, c'était si compliqué que ça lui faisait mal à la tête.

– Dis-moi ce que je peux faire, répéta doucement Jaro.

– Oui, dites-le-lui ! supplia Zeb l'Opossum.

Bella Rossa fusilla des yeux le petit escroc. Il était sale et maigrelet, et lâche, et fourbe. Il la dégoûtait.

– Récupérez vot'rat ! fit-elle en désignant l'opossum tétanisé. Et foutez le camp ! Si j'ai l'malheur de vous r'trouver sur mon ch'min, j'vous étrangle et j'me découpe un bonnet dans la fourrure d'vot'bestiole, c'est compris ?

Transpirant à grosses gouttes, l'homme empoigna son animal et se précipita hors de la carriole en ajoutant crânement :

– Op n'est pas un rat ! C'est un marsupial, espèce d'ignorante !

Puis il courut comme un dératé, droit devant lui, tandis que Lom'Pa rigolait et se tapait les cuisses en vociférant :

– Plus vite ! Plus vite, saleté d'fripouille ! Zeb l'Opossum, tu parles ! Gibier d'potence, oui !

Sous la bâche, Jaro et Bella Rossa se jaugeaient, dressés face à face, dans une tension qui ne faiblissait pas. Les pensées bouillonnaient follement dans l'esprit de Bella Rossa. Elle n'avait toujours pas répondu à la question de Jaro : que pouvait-il faire ? Renoncer à courir les jupons, bien sûr ! C'était la réponse, mais elle n'allait tout de même pas s'abaisser à la lui souffler. Ça prendrait le temps qu'il faudrait, mais il devrait trouver lui-même la solution.

Elle leva le fusil à la verticale et, sans crier gare, elle tira en l'air. Jaro sursauta et manqua de tomber à la renverse. Les plombs déchiquetèrent la toile de la bâche, la détonation paniqua les vaches, le cheval et toutes les bêtes des environs. Il y eut des meuglements, des hennissements, des bruissements d'ailes anarchiques ; un beau raffût qui soulagea les nerfs de Bella Rossa.

Elle respira à fond, jeta l'arme au milieu du bric-à-brac avant de déclarer d'une voix ferme :

– On a perdu assez d'temps. Allons-y. J'ai sacrément soif, et Justice Fork est encore loin.

– Enfin une parole raisonnable ! approuva Lom'Pa.

Et il sourit d'aise tout au long du trajet.

Le soleil était couché depuis un moment quand ils arrivèrent à Justice Fork. Au milieu des cabanes bancales accrochées à flanc de colline, ils trouvèrent un saloon bondé de chercheurs d'or complètement ivres. Les notes d'un piano désaccordé s'échappaient par la porte ; les gars tapaient des pieds en rythme et leurs gros rires fusaient au-dehors avant de se heurter au silence environnant.

Jaro mena les bêtes près de l'abreuvoir, pendant que Bella Rossa transportait Lom'Pa jusqu'au seuil de l'établissement.

– Parfait ! s'enthousiasma le vieux en avisant les fûts à bière entreposés au fond. Qu'est-ce qu'on fête ?

Un grand type barbu qui s'était adossé au mur près de la porte le renseigna aussitôt :

– On a découvert un nouveau filon dans la colline, pas plus tard qu'avant-hier ! s'égosilla-t-il. Une veine magnifique ! Rien qu'avec ma pioche, j'ai déjà extrait plus de trois cents grammes !

Il riait, ventre en avant, les lèvres blanchies par la mousse de sa bière. Il fit claquer ses bretelles :

– Tel que vous me voyez, m'sieurs-dames, je suis un homme riche !

Et, pour le prouver, il sortit de sa poche une pépite brillante, bosselée, de la taille d'un grain de raisin. Bella Rossa en resta bouche bée.

– Les autres sont en lieu sûr ! poursuivit le grand type. Avec tout ce qu'on entend au sujet des voleurs, mieux vaut être prudent. Vous seriez pas des voleurs, par hasard ?

– Non, juste des colporteurs, murmura Bella Rossa, encore éblouie par la pépite.

– Colporteurs ! À la bonne heure ! Vous tombez à pic à Justice Fork : on manque de tout et on a de l'or à dépenser !

Lom'Pa s'agita :

– Nous, c'qui nous manque, c'est d'quoi s'humecter l'gosier. Le patron va bien nous faire un p'tit crédit ?

– Je vous offre une pinte ! lança joyeusement le barbu. Colporteurs, mes amis, fêtons ce filon !

Il alla chercher la bière pendant que Bella Rossa installait Lom'Pa sur une chaise. Quand Jaroslaw les eut rejoints, ils trinquèrent avec le gars aux bretelles.

– À la santé de l'or, de Dieu et des hommes ! lança ce dernier.

– Vive la bière ! répondit Lom'Pa.

– Et vivent les femmes ! s'écrièrent plusieurs mineurs en inclinant leurs têtes échevelées devant Bella Rossa.

Elle se força à sourire. En dehors d'elle, il n'y avait qu'une seule fille dans le saloon, une brunette chétive qui se cachait derrière le comptoir. Bella Rossa l'avait instantanément repérée. Elle portait des lunettes et, derrière les verres épais, ses yeux louchaient incroyablement. Quand un client s'approchait d'elle, elle sursautait, et sa figure ingrate se tordait d'une grimace apeurée. De temps à autre, le patron du saloon lui chuchotait quelques mots à l'oreille, et elle se dépêchait de laver les pintes vides.

Remarquant que Bella Rossa s'intéressait à la jeune fille, le gars aux bretelles lui apprit son nom : Grace.

– C'est la fille du patron, ajouta-t-il. Elle est simplette, faut pas y faire attention.

Bella Rossa jeta un regard à Jaroslaw, se demandant s'il aurait envie de séduire une fille comme Grace, de l'emmener, malgré sa figure de laideron et son esprit dérangé, dans un recoin d'écurie. Elle jugea que non.

Justice Fork cumulait donc beaucoup d'avantages : un filon tout neuf, des chercheurs d'or aux poches pleines, un saloon pour Lom'Pa, et aucune tentation féminine pour Jaro. Bella Rossa se détendit, but d'un trait la moitié de sa pinte, et décida qu'ils allaient rester quelque temps dans ce patelin. Après tout, si les collines d'ici fabriquaient de l'or, tous les espoirs étaient permis ! Et, si l'existence ressemblait pour le moment à une flaque de boue, rien n'interdisait de croire qu'il n'en sortirait pas, un jour, une pépite.

Chapitre 22

Le lendemain, dès l'aube, Bella Rossa et Jaro exposèrent les articles à vendre au pied de la carriole, puis ils postèrent Lom'Pa sur son tonneau au milieu du bazar.

– C'est toi qui tiens la caisse, lui dit Bella Rossa en lui fourrant une boîte en métal entre les mains.

Peu après, les mineurs défilèrent devant leur étalage, en les saluant gaiement. Ils s'en allaient, munis de pioches, de pelles, de cordes et de pitons, à l'assaut de la colline aurifère.

Aucun d'eux ne s'arrêta ce matin-là pour acheter. Qu'auraient-ils fait d'un chauffe-plats, d'un rouleau à pâtisserie ou d'une passoire à lait alors que leur bonheur ne réclamait que de la patience, de la sueur et du muscle ?

– Attendons c'soir, dit Bella Rossa avec confiance.

Le soir, les chercheurs d'or défilèrent en sens inverse devant la carriole. Ils étaient sales, fatigués, certains s'étaient blessés en excavant la roche. Cette fois, pourtant, quelques-uns s'intéressèrent à la marchandise. De la même manière que les Indiennes des montagnes lui avaient réclamé des démonstrations, ils demandèrent à Bella Rossa des explications au sujet des goupillons à carafe, des brosses à fourneau et de l'étrange épépineur de raisins secs.

Tout à son désir de vendre, Bella Rossa parla beaucoup, s'agita, plia et déplia, ouvrit et ferma, et plaisanta avec ces hommes qui sentaient très mauvais, mais qui serraient dans leurs pognes dégoûtantes des pépites de bon calibre.

– Et ça, à quoi ça peut servir ? rigolèrent-ils en désignant la collection de fers à repasser que Bella Rossa avait alignés sur une couverture.

Elle voulut les convaincre que, peut-être, le dimanche par exemple, ils pourraient être heureux de revêtir une chemise sans faux pli et avec un col bien net.

– Pff ! Le dimanche, on roupille ! À quoi bon enfiler une chemise ? fit remarquer un des hommes.

– Repasser, c'est un travail de femme, objecta un autre. Et nous, on n'a point de femme par ici. En dehors de Grace-la-bigleuse, qu'est pas fichue de grand-chose, faut bien le dire !

– Et si vous nous repassiez nos chemises ? proposa un troisième. Là, oui, je voudrais bien payer !

– Sûr ! s'esclaffa un petit gros. Si vous pouviez vous occuper un peu de nous autres, on paierait grassement.

Un type au visage couturé de cicatrices renchérit, la lèvre gourmande :

– On vous embaucherait bien pour la cuisine, le linge... et pour tout ce qu'on peut faire d'ordinaire avec une belle femme !

Cette dernière proposition fut amplement applaudie et nombre de mineurs jetèrent leurs chapeaux en l'air.

Bella Rossa crispa les mâchoires. Elle ne souhaitait pas se fâcher avec la clientèle, même si elle voyait bien qu'ils guignaient davantage sa poitrine que ses moules à chandelles. Elle se tourna vers Jaroslaw.

Il se tenait à l'écart, nonchalamment accoudé aux ridelles de la carriole, observant la scène avec amusement.

– Et si tu v'nais m'donner un coup d'main ? lança Bella Rossa.

– Tu te débrouilles parfaitement, rétorqua Jaroslaw. Tu as de bien meilleurs arguments que moi pour ce genre de commerce.

– Bon, moi, j'en ai plein l'dos d'faire la caisse ! intervint Lom'Pa. Pourquoi qu'on irait pas discuter d'tout ça au saloon ?

La gorge de Bella Rossa se noua. Franchement, elle n'était pas aidée... Que devait-elle faire pour gagner un peu d'argent ? Supplier ? Prier ? Ramper ?

Elle se redressa d'un coup face à la troupe des mineurs.

– Vous voulez rien m'acheter, alors ? Très bien ! Fichez l'camp ! Nous, on plie bagage. On trouv'ra bien d'aut' clients qui savent c'que c'est qu'un fer à r'passer !

Les mineurs protestèrent :

– Faut pas vous fâcher, mademoiselle. Partez pas ! On vous fera danser ce soir !

Dans l'espoir de retenir Bella Rossa à Justice Fork, plusieurs d'entre eux se décidèrent : ils firent l'acquisition de deux chaudrons, d'une jatte en cuivre, d'une balance, de trois seaux, d'un chauffe-plats et de quelques couteaux, que Bella Rossa leur céda de mauvaise grâce, tant elle était contrariée. Le mineur balafré, qui reluquait ses seins avec plus de convoitise que les autres, lui acheta même son fameux épépineur de raisins secs ! Pour un peu, elle le lui aurait jeté à la figure.

Lom'Pa ouvrit la boîte en métal et, ravi, y récolta

deux belles pépites, ainsi que quelques grammes de poussière d'or.

– Vous viendrez danser, pas vrai ? On vous attendra ! s'exclamèrent les mineurs avant de regagner leurs cabanes.

Bella Rossa haussa les épaules. Danser ? Ils pouvaient toujours courir ! Elle venait de réaliser sa meilleure opération commerciale depuis le début du voyage, et pourtant elle était hors d'elle :

– Fini, la vente ! décréta-t-elle. Demain, on f'ra comme tout l'monde : on ira creuser c'te foutue colline.

Elle pointa un doigt rageur vers Jaro, qui ne pouvait s'empêcher de rire :

– Et t'auras intérêt à transpirer, au lieu d'te rouler les pouces !

Le lendemain, Bella Rossa dépensa les deux pépites qu'elle venait de gagner pour racheter des pioches et des pitons à un mineur blessé qui ne pouvait plus travailler. Elle flanqua les outils dans la main de Jaroslaw et demanda qu'on l'aide à porter Lom'Pa jusqu'au filon.

– Mais j'veux pas y aller ! se récria le vieux paralytique quand deux hommes le soulevèrent de terre. Laissez-moi, sangsues ! J'veux pas monter sur c'tas d'cailloux !

Bella Rossa se montra intraitable. Sous un soleil ardent, il fallut gravir le chemin, se tordre les chevilles, suer, ahaner avec les autres mineurs. Pour la plupart, ceux-ci manifestaient une sourde hostilité envers Bella Rossa, qu'ils avaient attendue en vain pour danser la veille au soir.

Il fallut ensuite trouver une place libre sur le lieu du gisement. Comme par hasard, il n'y en avait plus. Le gars aux bretelles leur indiqua un goulet de roche, un peu plus loin. Peut-être, avec un peu de chance, le filon se poursuivrait par là ? Jaro et Bella Rossa s'y faufilèrent après avoir déposé Lom'Pa à l'entrée de l'étroit conduit.

Tout le reste du jour, ils creusèrent. Bella Rossa ne décrocha pas un mot. Obstinément, elle brandit sa pioche au-dessus de sa tête, l'abattit cent fois contre la pierre, jusqu'à s'en faire saigner les paumes. Et, pendant ce temps, elle supporta sans broncher les jérémiades de Lom'Pa, qui se plaignait d'être assis sur du dur, sans même un peu de bière fraîche.

Vers midi, pris de vertige, Jaroslaw dérapa sur des éboulis, perdit l'équilibre et manqua de se rompre le dos. Il s'en tira avec une profonde estafilade à la cuisse, qui le rendit momentanément boiteux en plus d'être manchot.

Ils travaillèrent beaucoup, maladroitement et en vain.

Quand le soir arriva, Bella Rossa dut admettre l'évidence : pour devenir chercheur d'or, il était indispensable d'avoir deux jambes et deux bras valides, ainsi que de l'endurance et des muscles de bûcheron. Tout cela leur faisait défaut.

Sous les regards moqueurs des autres prospecteurs, ils descendirent la colline, les poches vides, le ventre vide, l'esprit vide, et la figure pleine de cloques à cause du terrible soleil de l'Ouest.

Une fois à l'ombre de la carriole, ils se soignèrent avec les herbes de Nataniel. Après un tel fiasco, ils ne voulaient pas demeurer un jour de plus à Justice Fork : ils décidèrent de partir dès le lever du soleil.

Un cataplasme sur chaque joue, les mains enflées, Bella Rossa réfléchit longuement à la situation : mauvais colporteurs, mauvais chercheurs d'or... n'allaient-ils pas tout simplement crever comme des bêtes sur ces routes impossibles ?

Elle retrouva son petit miroir et examina le reflet de sa figure défaite, songeant une fois encore à Romualdo Barbieri. Bon sang, quelles qualités possédait-il, qui faisaient de lui un si bon vendeur ?

Au matin, quand ils quittèrent Justice Fork, Bella Rossa avait dressé la liste de tout ce qui leur manquait pour devenir de bons marchands de camelote :

la propreté, l'élégance, l'amabilité, la politesse, une bonne dose d'hypocrisie et une touche d'exotisme.

– Exotisme ? grommela Lom'Pa. Qu'est-ce tu m'chantes ? Tu veux qu'on s'mette des plumes de cacatoès dans l'chapeau ou quoi ?

Bella Rossa poussa un soupir :

– Qui parle de plumes ? Barbieri, y roulait les mots, on aurait cru du tambour. Quand y causait, ça sentait l'Italie ! C'est ça qui plaisait.

Jaroslaw proposa de travailler son accent polonais. Il l'avait perdu depuis fort longtemps, mais il se forcerait.

– Jeu seurrrai l'hômme qui vient du frrroid pays ! déclara-t-il en posant la main sur sa poitrine comme un acteur. Ça plairrra aussi, non ?

Bella Rossa hocha la tête avec satisfaction. Mais, pour le reste de la liste, de sévères dispositions s'imposaient :

– Chacun devra s'laver tous les deux jours, commença-t-elle.

– Tu veux ma mort ? s'étrangla Lom'Pa. Tu sais bien que j'supporte pas l'eau ! Sorcière, va !

– ... il faudra surveiller not'langage et plus dire autant d'grossièretés.

– Tu nous emmerdes, répliqua le vieux en se renfrognant sur son tonneau.

– … et apprendre à mentir, à enjoliver, à cajoler la clientèle, et à roucouler d'vant les dames !

– Plutôt crever ! J'suis pas un pigeon !

– Tu roucouleras si on t'le d'mande !

Ils se disputèrent, jacassèrent, négocièrent. Au final, et à condition qu'on lui promette de ne plus jamais avoir soif, le vieux accepta de se laver et de couper la méchante barbe jaune qui lui mangeait la figure.

Chapitre 23

Woodville, Big Mill, Silver Rock : les camps de mineurs se ressemblaient tous, suites de baraquements perdus au milieu des buissons secs, flancs de collines dévastés ; rien de stable, rien de durable.

Des semaines et des mois s'écoulèrent, durant lesquels ils trimbalèrent leurs ustensiles de cuisine de Cascade Junction à Anaconda Falls, en passant par Silent River et Buffalo Springs, testant à chaque escale de nouvelles méthodes de vente.

Jaroslaw, qui avait dégotté un clairon cabossé chez une épicière de Big Mill (avec qui il avait d'ailleurs partagé autre chose que l'amour de la musique), sonnait chaque fois que la carriole arrivait quelque part. Dans ces moments-là, il regrettait encore plus son bras droit, et l'époque où il pouvait jouer du violon. Mais le clairon, s'il n'était pas mélodieux, avait le mérite d'attirer les clients.

Bella Rossa lui avait également demandé de peindre en grosses lettres sur la bâche un slogan de son invention : « Bella et Cie, tout, tout, tout ! » C'était un peu mensonger, naturellement, car elle ne vendait pas de tout, mais il fallait bien faire rêver. Et, lorsqu'on lui réclamait un article qu'elle n'avait jamais eu, elle soupirait : « Pas d'chance ! J'l'ai vendu hier ! Mais, à la place, regardez c'que j'vous propose ! »

Elle ne ménageait pas sa peine : du matin au soir, elle déballait, exposait, interpellait, haranguait. Pour vendre, elle était prête à subir les regards lourds des mineurs et des gardiens de vaches sur sa poitrine. Elle bombait le torse et échancrait ses décolletés. Ça, non, elle ne cachait plus ses seins ! Ils lui servaient d'appâts, de vitrine. Et, lorsqu'elle avait capté l'attention des badauds, elle faisait ses prix. Les chaufferettes partirent pour un dollar pièce, les balances domestiques pour trois dollars, les pichets pour cinquante cents, et les bidons, les balais, les seaux s'arrachèrent pour trois ou quatre dollars !

Naturellement, Jaroslaw s'occupait de la clientèle féminine. Il lançait des œillades, chantait, faisait le Polonais et s'attirait la compassion à cause de son bras amputé. Grâce à lui, les tapis, les chandeliers, les boîtes à épices, les rouleaux à pâtisserie et les bocaux à pickles furent rapidement écoulés.

Perché sur son tonneau, rasé de près, Lom'Pa récupérait les billets, la poudre d'or et la menue monnaie, qu'il faisait tinter dans sa boîte en fer en beuglant :

– À la caisse ! Par ici ! Allez, on s'dépêche !

À la fin de chaque journée, Jaroslaw faisait les comptes, et, lorsqu'il annonçait une bonne recette, Bella Rossa se permettait parfois de l'embrasser sur la joue.

C'était tout ce qui restait de leur tendresse ancienne, ce baiser très chaste et un peu gêné. Ils n'étaient plus des amants. Juste des associés.

Au fil du temps, leur système s'affina.

Ils investissaient une part de leurs bénéfices dans l'achat de nouveaux articles : draps, dentelles, peaux, tabliers, gants, montres, tabatières, pierres à briquet, bonnets, fils à pêche, parapluies et même, sur les conseils de Jaroslaw, almanachs, livres de cuisine, de remèdes ou de jardinage.

– À quoi qu'ça sert, toute cette papeterie, fils ? râlait Lom'Pa. Tu crois qu'j'ai eu b'soin d'un satané bouquin pour planter mes patates ou faire cuire mes haricots ?

– La plupart des chercheurs d'or viennent de la ville, expliquait Jaro. En ville, on ne sait plus s'occuper d'un potager. Ces guides vont se vendre comme des petits pains !

Finalement, à eux trois, et à force de travail, ils finirent par faire des colporteurs corrects. Ils gagnaient de quoi manger, de quoi boire, de quoi se vêtir, et de quoi s'offrir, de temps à autre, une nuit dans un hôtel. Ce n'étaient que des bicoques modestes, sans baignoire et dans lesquelles les lits grinçaient, mais cela valait toujours mieux que de dormir par terre.

Ils soupaient ensemble dans les saloons. Tandis que Lom'Pa se soûlait avec application, Jaroslaw et Bella Rossa échangeaient des regards obliques et des silences qui en disaient long sur les choses douloureuses qu'ils gardaient enfouies dans leurs cœurs.

À Buffalo Springs, Bella Rossa s'acheta deux nouvelles robes, un bracelet et du parfum. « Pour plaire aux clients », se justifia-t-elle. Mais Jaro n'était pas dupe.

Le soir, au saloon, il se risqua à lui faire un compliment :

– Je n'ai jamais vu de femme plus splendide que toi.

Elle plissa les yeux, secoua ses mèches rousses avant de lâcher avec morgue :

– J'm'en fiche, de tes flatteries ! T'es qu'un vendeur de camelote. Et ton cœur, c'est d'la camelote pareille. Tu crois que j'te vois pas continuer d'fricoter avec toutes les femelles qui passent ?

Il baissa le nez et le silence reprit ses droits.

Bientôt, la serveuse du saloon vint se trémousser près de leur table. Elle était jolie, un brin vulgaire, comme toutes les filles du coin, avec un gros derrière qui se balançait sous ses jupons. Jaroslaw releva la tête, et Bella Rossa sut que, d'une façon ou d'une autre, la serveuse finirait la soirée sous les caresses de Jaroslaw.

Elle ravala sa tristesse. Pourquoi Jaro ne se contentait-il pas de ce qu'il avait ? C'était un mystère. Une sorte de maladie, peut-être, un travers de son tempérament. Lom'Pa collectionnait les bouteilles, Jaroslaw les femmes : on pouvait dire que Bella Rossa avait tiré les mauvais numéros...

Parfois, elle se demandait si elle n'avait pas eu tort de refuser de l'épouser. S'ils s'étaient mariés, peut-être que Jaroslaw n'aurait pas eu besoin de séduire toutes les filles ? Peut-être que la bénédiction de l'Église, tel un paratonnerre, aurait protégé leur amour des orages ?

D'autres fois, elle pensait à ce que le chirurgien lui avait dit avant leur départ de la clairière : qu'elle n'aurait jamais d'enfant. Sur le coup, ça ne lui avait trop rien fait. Enfant ou pas, ça lui était égal, puisqu'elle était amoureuse et qu'elle avait confiance en l'avenir. Mais, maintenant, elle s'interrogeait :

n'était-ce pas cela qui empêchait Jaroslaw de s'accrocher à elle ? Elle le sonda :

– Quand on s'ra riches... j'veux dire *vraiment* riches, qu'est-ce que tu f'ras ?

Jaro haussa les épaules.

– Tu voudrais pas t'établir quelque part ? insista Bella Rossa. Avoir des bêtes ou un magasin ? Une femme, des enfants ?

– J'ai déjà une femme, fit Jaroslaw. Sauf qu'elle ne veut plus de moi.

Bella Rossa lui adressa un regard noir.

– Quant aux enfants, reprit Jaro en soupirant, bah... j'en ai déjà eu, des enfants.

Bella Rossa manqua de s'étrangler dans son verre de bière.

– Quoi ? souffla-t-elle. T'as des enfants ?

Tout d'un coup, Jaroslaw était devenu pâle. Ses yeux papillonnaient sur les murs du saloon et les doigts de sa main gauche pianotaient nerveusement sur la table.

– C'était il y a longtemps, murmura-t-il. Je préfère ne plus y penser.

Bella Rossa saisit sa main et serra très fort.

– C'est encore des histoires d'bonimenteur, ou c'est vrai ?

– C'est vrai, rétorqua sèchement Jaroslaw. Mais c'était dans mon autre vie, quand j'habitais là-bas, dans l'Est. Avant de devenir soldat. Deux garçons et une fille. Ils sont morts, maintenant, à quoi ça sert d'en parler ?

Il se dégagea brusquement de l'étreinte de Bella Rossa. Sa voix, d'habitude si douce, était devenue dure et coupante comme la lame d'une hache. Bella Rossa sentit son cœur remonter dans sa gorge :

– Pourquoi qu'tu m'as rien dit ?

– À quoi ça sert ? répéta Jaroslaw en se levant de sa chaise. Ils sont morts, je te dis. Et leur mère avec.

– Mais...

– Laisse-moi.

Jaroslaw sortit du saloon, le dos voûté, sans un regard pour la serveuse au gros derrière, qui pourtant le reluquait sans vergogne.

Lom'Pa était affalé sur la table, ivre mort. Il marmonna quelque chose que Bella Rossa ne comprit pas. Elle ne comprenait plus rien, d'ailleurs. Elle était sonnée, abasourdie. La pépite de plomb remua douloureusement dans son ventre. Sa respiration devenait difficile, des lumières dansaient dans ses yeux. Elle repoussa son verre si violemment qu'il bascula et éclata par terre.

– Hé ! sursauta Lom'Pa. C'est quoi, c'bruit ? On nous attaque ?

Bella Rossa l'attrapa par le col de sa chemise et le secoua.

– Tu savais qu'il avait eu des enfants ? lui hurla-t-elle à la face.

– Qui ça ?

– Jaroslaw ! Tu l'savais ou pas ?

– Lâche-moi donc, mauvaise teigne ! Tu m'fais mal ! J'en sais fichtre rien d'vos histoires, moi ! Pourquoi qu't'as foutu ton verre par terre ? Si t'en voulais plus, fallait me l'donner ! Si c'est pas du gâchis...

Hors d'elle, Bella Rossa envoya, pour la première fois de sa vie, une grande gifle dans la figure de son vieux. C'était tout ce qu'il méritait ! Elle se leva, tremblante, de la colère plein les yeux, et sortit à son tour du saloon.

La nuit lui souffla son air frais à la figure ; elle en resta figée, stupéfaite. N'y avait-il donc rien de *normal* dans cette existence ? Rien de clair ? Rien de prévisible ? Pourquoi, en dehors de Maussad-Vallée, où tout était toujours pareil, les choses étaient-elles si embrouillées ? Pourquoi y avait-il tant de secrets et d'histoires troubles cachées dans la mémoire des gens ?

Elle fit quelques pas dans la rue poussiéreuse, sous la lune qui montait dans le ciel comme une bulle. Elle vacillait, en proie à cette douleur tenace dans son ventre. Elle imaginait Jaroslaw à l'époque de ce qu'il avait appelé son « autre vie » : elle le voyait avec trois enfants, trois petits Polonais qui sautaient en riant sur ses genoux.

C'était insupportable.

Insupportable de les imaginer vivants.

Insupportable de les imaginer morts.

Pourquoi ne lui avait-il pas raconté tout cela ? Pourquoi n'avait-il pas eu envie de partager ces anciennes souffrances avec elle ?

Un cheval hennit quelque part dans la nuit. Elle frissonna et se mit à marcher sous les façades en bois de Buffalo Springs en martelant les planches installées devant les boutiques. Sa poitrine, pareille à l'étrave d'un brise-glace, fendait l'obscurité ; ce soir-là, elle aurait pulvérisé n'importe quel obstacle.

Bella Rossa longea les maisons de la grand-rue, puis s'enfonça dans les ruelles adjacentes. Les recoins de la ville bruissaient de rumeurs, de présences, de souffles. Des figures rougeaudes de fermiers, de mineurs éméchés, de marchands enfiévrés, surgissaient dans les lueurs des lampes à huile. Ils l'interpellaient, la sifflaient, comme autrefois les hommes de Maussad-Vallée : « Hé ! Viens par ici, toi ! Faut pas rester toute seule, comme ça ! Viens donc ! » Bella Rossa n'avait pas peur. Elle avançait très vite, avec sa rage, sa détresse et toutes les questions qui tourbillonnaient dans son esprit. Elle ne pensait qu'à retrouver Jaroslaw.

À un moment, elle entendit des cris, une cavalcade, des coups de feu. Elle força l'allure. Des ombres se battaient à coups de poings près d'une palissade. Elle s'assura qu'aucune n'était celle d'un manchot, puis elle fit demi-tour.

C'est en passant près d'un hangar à bois qu'elle l'aperçut : Jaroslaw ! Il titubait un peu. Il était seul. Elle courut jusqu'à lui, se pendit à son bras.

– Jaro, murmura-t-elle. Je...

Dans la lumière de la lune, elle vit la sciure et les copeaux de bois qui s'étaient pris dans ses cheveux hirsutes. Il avait le visage rouge et chaviré de quelqu'un qui a pleuré. Elle s'approcha encore et se blottit contre lui. Elle n'avait pas envie qu'il ait mal ; elle voulait simplement que la paix revienne. Alors, elle le prit par la main et le ramena vers le saloon, sans poser de question.

Ils retrouvèrent Lom'Pa occupé à ouvrir une nouvelle bouteille. Jaroslaw s'effondra sur la chaise à côté de lui.

– T'y comprends quequ'chose, fils ? lui demanda le vieux d'une voix sourde. Où c'est qu'on va si les pères s'laissent mettre des torgnoles par leurs propres filles, hein ? J'vais t'dire, moi ! C'est l'monde à l'envers ! Tiens, à ta santé !

Un sourire flotta sur les lèvres de Bella Rossa. Bon sang, Lom'Pa avait raison... En passant les montagnes, c'était ça qu'ils avaient trouvé : le monde à l'envers. Un monde furieux, violent, plein de convulsions, semblable à un ventre de femme prêt à enfanter un monstre. Et, au milieu de tout cela, que lui restait-il, à elle ? La réponse était évidente : il lui restait ses deux hommes. Lom'Pa et Jaro. Sûr, ils étaient loin d'être parfaits, mais ils étaient là. À ses côtés. Incorrigiblement vivants.

Elle eut brusquement envie de se lever de sa chaise et de se jeter à leur cou pour les embrasser... Mais son élan de tendresse se brisa net lorsqu'elle se rendit compte qu'une fois encore Jaroslaw n'avait pas eu le temps de reboutonner son pantalon. La douleur lui vrilla le cœur.

Alors, au lieu de se lever de sa chaise, elle ferma les yeux en essayant de repousser les assauts du chagrin. C'était trop. Trop.

Et c'est à cet instant, si improbable pourtant, qu'une idée magnifique lui traversa l'esprit. Une idée qui ne réglerait sans doute pas ses peines de cœur, mais qui allait bientôt lui assurer ce qu'elle avait tant désiré : la fortune.

Chapitre 24

Plus tard cette même nuit, après bien des verres bus et bien des silences, Bella Rossa et Jaroslaw décidèrent de transporter Lom'Pa jusqu'à la chambre qu'ils avaient louée dans l'hôtel en face du saloon.

Le vieux était tellement soûl qu'il perdait le sens commun. Il se croyait revenu à Maussad-Vallée.

– Appelle c'cochon d'Emmet ! répétait-il en se tortillant. J'veux qui m'graisse les roues d'ma chaise ! Et pis, faut rentrer les porcs, j'crois qui z'ont peur d'l'orage.

– Ferme-la, cingla Bella Rossa. Y a pas d'orage. Et, à mon avis, ça fait belle lurette qu'le voisin en a fait du boudin, de tes porcs.

– Qui s'avise pas d'toucher à un poil d'mes bêtes ! hurla Lom'Pa. J'vais l'corriger, lui et sa marmaille ! J'vais y mettre des coups d'ceinturon, jusqu'à c'qu'y pisse le sang !

Jaroslaw, qui tenait difficilement sur ses propres jambes, crispait sa main unique sur les chevilles du vieux, tandis que Bella Rossa soufflait et suait, les bras rivés aux aisselles poisseuses de son paternel. C'était infernal de le porter, infernal de porter tout ce poids. Et elle en avait par-dessus la tête de l'entendre.

Au loin, une rumeur enflait, accompagnée d'éclats de voix et de bruits secs comme des coups de fouet. C'était à la sortie de la ville, un règlement de comptes sans doute.

Ils traversèrent la rue, grimpèrent les marches branlantes de l'hôtel, zigzaguèrent dans le couloir et arrivèrent enfin à la chambre. Ils hissèrent le vieux sur le lit et Jaroslaw alluma une chandelle.

– La clôture ! cria Lom'Pa en ouvrant des yeux hallucinés. Tu l'as réparée ? Faut pas qu'les vaches s'carapatent aux quat'coins, t'as compris ?

Bella Rossa sentit sa gorge se nouer. D'habitude, quand il était fin soûl, Lom'Pa ne délirait pas autant. Ce soir-là, c'était une vraie misère.

– Arrête ton cirque, fit-elle en s'asseyant à côté de lui. Tu sais bien qu'on n'habite plus à la ferme. On est à Buffalo Springs, maintenant. Dans l'Ouest. Et on retournera plus jamais là-bas, tu m'entends !

Le vieux eut un hoquet. Sa tête roula sur les draps, il se mit à trembler. Jaroslaw approcha la chandelle de son visage.

– Une sacrée cuite, diagnostiqua-t-il en rigolant sous cape.

– Mets-lui la couverture, on dirait qu'il a froid.

Elle lui ôta ses bottes, le frictionna, lui parla :

– J'regrette de t'avoir mis une gifle. Allez, calme-toi. T'as trop bu, faut dormir.

Lom'Pa gémissait et claquait des dents. Les mots sortaient en vrac de sa vieille bouche en bousculant ses dents déchaussées. Il causait de travers, avec les vieux souvenirs qui se télescopaient dans sa caboche, et ça devenait assez inquiétant.

Pour l'empêcher de trembler, Bella Rossa s'allongea près de lui et le serra dans ses bras. C'était une drôle de sensation, d'avoir sa carcasse toute maigre collée contre elle. Il semblait si fragile, avec ses côtes hérissées de petits os cassants, que, pour la première fois de sa vie, Bella Rossa eut peur de le perdre.

– Hé, tu vas pas clamser, hein ? chuchota-t-elle à son oreille. Tu vas pas m'laisser, vieux débris... Qui c'est qui tiendra la caisse, sinon ?

Elle le cajola un long moment, pendant que Jaroslaw, affalé dans le fauteuil, regardait fondre la chandelle. Il riait toujours, avec cet air bête et détaché de la réalité qu'on peut avoir à cause de l'alcool à forte dose.

Bella Rossa s'enfonçait dans les ressorts déglingués du lit. Elle continuait de serrer Lom'Pa et de s'inquiéter pour lui parce qu'il en était à confondre son nom et celui d'Ornella Bonini. Il disait :

– Viens ici, bonne femme ! J'vais te tanner l'cuir si j'te vois encore traîner avec c'bouquin plein d'prières, y a les vaches à traire !

Il lançait ses mains osseuses au-dessus de lui comme pour attraper des fantômes. Bella Rossa lui bloqua les bras et, peu à peu, le vieux cessa de geindre ; ses tremblements s'espacèrent. Le corps de Bella Rossa pesa davantage sur le matelas. De lassitude, elle laissa échapper quelques sanglots.

– Tu pleures ? murmura Jaroslaw en se redressant brutalement.

– Pas du tout. Pourquoi j'pleurerais ?

Jaroslaw sourit d'un air entendu. Cette fille n'était pas croyable. Elle était capable d'une telle mauvaise foi que c'en était désarmant.

– Il est solide, ton vieux, tu sais, ajouta-t-il d'une voix traînante. Il ira jusqu'au bout.

Les rumeurs du dehors s'étaient tues. Le silence les enveloppa. Il était si tard que même les chevaux devaient dormir, que même la lune avait fini de courir dans le ciel. C'était l'heure où l'on se demande si on reverra jamais le jour et où les choses flottent doucement entre la vie et la mort.

Tout d'un coup, la chandelle s'éteignit, et Bella

Rossa eut un petit sursaut. Elle posa une main sur sa poitrine oppressée.

– Jusqu'au bout de quoi ? murmura-t-elle. Des fois, j'me demande à quoi ça sert, ce voyage.

– Hum..., fit Jaroslaw. Tout le monde se pose cette question. Mais toi aussi, tu iras jusqu'au bout. C'est dans ta nature.

Il soupira encore. Les effets de l'alcool s'estompaient. Il ajouta :

– Et moi, j'irai avec toi. Si tu veux bien.

Bella Rossa posa sa tête près de la tête de Lom'Pa. Il puait pire qu'un bouc. Dans ces ténèbres de l'Ouest, les choses prenaient une ampleur particulière, et Bella Rossa entendait son propre cœur pulser dans sa poitrine. À croire que cette machine s'arrêterait jamais et qu'il faudrait sans cesse vivre, et souffrir, et aimer malgré tout.

– Raconte, chuchota-t-elle soudain. Ton ancienne vie, là-bas, dans l'Est.

– Maintenant ? s'étonna Jaroslaw.

– Oui.

Il changea de position dans son fauteuil. Il devinait dans le noir le visage de Bella Rossa. Qu'attendait-elle de lui, au juste ? Il lui avait offert sa protection et son âme, tout son amour, et malgré cela, depuis des semaines, elle le traitait avec dureté à cause de ces stupides histoires de filles. Pourquoi leur accordait-elle tant d'importance ? Il n'arrivait pas à comprendre ce qui clochait.

– Qu'est-ce que je dois encore te promettre pour rester avec toi ? souffla-t-il tristement.

Elle se raidit :

– Garde tes promesses, j'y crois plus. Raconte-moi. Ta femme, tes enfants... Comment est-ce qu'ils s'appelaient ?

Jaro ramena lentement ses genoux sous son menton. Pour Bella Rossa, il était prêt à tout endurer, même les pires souvenirs.

– Wanda. C'était le nom de... ma femme.

Il ouvrit la bouche. L'air était si sec ! Il aurait voulu boire encore quelques verres pour se donner le courage nécessaire, mais il n'y avait rien d'autre à avaler que l'obscurité. Il continua d'une voix enrouée :

– Quand on s'est rencontrés, j'avais juste dix-huit ans. Wanda chantait tous les soirs dans une gargote où je venais parfois jouer du violon. Elle était polonaise, comme moi. Dans la misère, on aime ceux qui nous ressemblent, et on se serre pour se tenir chaud. Et voilà : Jacek est né le premier. Un an après, il y a eu Dorota. Ensuite, Lorenz.

– Jacek, Dorota et Lorenz, répéta Bella Rossa avec précaution. Qu'est-ce qui s'est passé ?

Jaroslaw enroula les bras autour de ses jambes.

– J'ai joué, dit-il.

– Du violon ?

– Non. Au poker.

– J'croyais qu't'aimais pas les cartes ?

– Je m'en méfie, c'est vrai, à cause de tout ça. Mais à l'époque...

De nouveau, il eut du mal à parler. C'était si difficile de remonter en arrière dans sa mémoire qu'il en grimaçait.

– Parfois, je gagnais. Parfois, je perdais. On vivait tous les cinq dans un taudis. On avait froid. Wanda était épuisée par les enfants. On manquait de tout. Au bout d'un moment, elle est tombée malade. Je me suis mis à tricher pour pouvoir nourrir les petits et soigner Wanda. Je...

Il marqua un court silence. Sa voix perdait peu à peu son timbre. Il parlait si bas que Bella Rossa devait presque éviter de respirer pour pouvoir l'entendre.

– J'avais rencontré un autre Polonais, un escroc qui savait s'y prendre pour plumer ses adversaires. On a fait la paire. À nous deux, on s'est mis à gagner pas mal d'argent. J'ai pu payer l'hôpital, acheter des médicaments, de la viande, et même des fruits. C'était bien, mais ça n'a pas duré. Les autres joueurs se sont rendu compte qu'on les arnaquait. On s'est battus une fois, deux fois et, quand ça s'est mis à chauffer vraiment, on a changé de quartier.

– C'était une grande ville, alors ? demanda Bella Rossa.

– Très grande, oui. Mais pas assez grande pour se cacher. Un soir, les types me sont tombés dessus. Ils voulaient récupérer leur argent. Ils m'ont menacé. Moi, je ne les ai pas pris au sérieux. J'étais coincé, de toute façon, tu comprends ? L'argent était dépensé.

– Qu'est-ce qui s'est passé ensuite ? insista Bella Rossa.

– J'ai tout perdu, murmura Jaro. Ils ont fracassé la porte de chez moi, un matin. Je n'étais pas là. J'avais passé la nuit à jouer, à amasser les billets. J'étais fou. Quand je suis rentré, j'ai trouvé...

Il eut du mal à dire ce qu'il avait trouvé. C'était si loin et si proche à la fois ; si terrible, en tout cas. Pendant ces dernières années, il avait essayé d'oublier, mais les images revenaient sans cesse. Quoi qu'il fasse, elles ne s'effaceraient jamais de sa mémoire. Il ouvrit la bouche et articula :

– Je les ai trouvés tous les quatre, avec une balle dans la tête.

Bella Rossa eut l'impression que son cœur se vidait. Puis elle frissonna violemment, et la douleur traversa ses entrailles. C'était la pépite de plomb qui cognait quelque part.

– Viens à côté de moi, dit-elle à Jaroslaw.

Il eut la force de se lever, de contourner le lit sans tomber. Et puis, doucement, il vint se blottir contre la poitrine de Bella Rossa, pendant que tout autour, dans la chambre, des ombres montaient. On aurait dit des vagues. Plus rien n'existait, sauf ce lit qui faisait comme un radeau au milieu d'une mer de douleur.

Bella Rossa passa la nuit ainsi, entre Jaroslaw et Lom'Pa. Entre deux pitiés, deux chagrins, deux existences brisées. Elle ne ferma pas l'œil, surveillant le sommeil de ses deux hommes comme une sentinelle aux portes d'un fort.

Durant ces heures interminables, elle fit le tour des souffrances qu'elle connaissait depuis qu'elle était gamine : les sécheresses, les inondations, les incendies, les invasions de sauterelles, les coulées de boue, les épidémies de fièvre et de variole, les bagarres, les accidents, les famines, les hommes lapidés, la guerre et ses canons, les faux hommes de Dieu, les enfants morts avec une balle dans la tête... Il y en avait tant. Elle songea qu'en comparaison de tout cela les turpitudes de Jaroslaw avec les filles aux gros derrières ne pesaient pas bien lourd.

L'obscurité se défaisait lentement.

Alors que les bruits matinaux s'élevaient dans les rues de Buffalo, elle repensa à l'idée qu'elle avait eue au saloon. Elle se raccrocha à ça pour ne pas sombrer dans l'immensité du chagrin. Elle fit des plans dans sa tête, des calculs, et, lorsque les lueurs du petit jour emplirent la chambre, elle sortit du lit.

Elle prit mille précautions pour ne pas réveiller Lom'Pa et Jaroslaw, puis elle quitta l'hôtel sur la pointe des pieds pour se rendre à l'écurie. La carriole était là. Elle grimpa sous la bâche, fouilla parmi les couvertures, y dénicha la boîte en fer qui contenait leurs économies, l'ouvrit, fourra une liasse de billets dans son corsage, sauta à terre et alla se planter devant le cheval.

Derrière ses longs cils, les yeux de l'animal brillaient d'une impatience complice. Bella Rossa lui sourit, releva sa robe, plaça son pied dans l'étrier et monta pour la première fois sur sa selle.

Elle donna un petit coup de talon, le cheval souffla, remua la tête, et ils partirent au trot dans les rues de Buffalo, fendant le ciel léger et vaporeux de ce jour tout neuf.

À la sortie de la ville, elle ralentit brutalement sa course. Sous la branche maîtresse d'un gros noyer, le cadavre d'un pendu se balançait. Un filet de sueur glaça le dos de Bella Rossa. C'était donc ainsi que les bagarres de la veille s'étaient terminées ? Par la mort d'un pauvre bougre ?

Elle allait talonner le cheval pour fuir cette vision qui lui rappelait trop Coyote Range lorsque son regard fut attiré par un mouvement dans l'herbe. Là, juste sous les pieds du pendu, quelque chose bougeait. Bella Rossa s'approcha : c'était un opossum.

Elle grimaça. À l'ombre du feuillage, le visage bouffi, ce n'était autre que Zeb le voleur qui oscillait au bout de la corde. Cette fois, il ne faisait pas semblant d'être mort ; la justice expéditive de l'Ouest avait mis un terme à ses forfaits.

Bella Rossa posa son front sur la crinière du cheval. Elle se redressa, respira un bon coup, et partit au galop.

Chapitre 25

– Et combien vous allez me donner pour ce travail, ma jolie ? demanda le forgeron une fois que Bella Rossa lui eut décrit en détail ce qu'elle désirait.

Elle se tenait campée dans la forge, les poings sur les hanches, son insolente poitrine projetée en avant. La course à cheval lui avait fouetté les sangs ; elle se sentait d'humeur à déplacer des montagnes. Et, même si elle ne savait ni lire ni écrire, elle savait compter.

– J'te donnerai trente dollars si j'suis contente de toi, fit-elle.

Le forgeron siffla entre ses dents. Il prit un air narquois.

– Dure en affaires, la jolie ! ricana-t-il. Ce que vous me demandez là, j'ai pas l'habitude de le faire. C'est de la dentelle, si vous voyez ce que je veux dire. Faudra du temps.

Il caressa sa moustache avec son index.

– Quarante dollars, lâcha-t-il.

– Trente-deux. Pas un sou d'plus !

– Hum..., grogna le forgeron.

Il louchait sur les seins de Bella Rossa. Plus il la regardait, plus il caressait sa moustache.

– J'aime bien les femmes de votre trempe, ma jolie. À trente-cinq dollars, je crois qu'on pourra s'arranger. À moins que...

Bella Rossa attendit la suite en tapant du pied.

– Hé, hé, ricana l'homme, à moins qu'il n'y ait une autre compensation...

Le forgeron lissait sa moustache avec nervosité. Il n'avait guère l'habitude de voir débouler des femmes aussi splendides dans son atelier. Ça lui donnait des suées, d'avoir cette poitrine phénoménale sous le nez. Il dit :

– Un homme et une femme trouvent toujours des arrangements, n'est-ce pas ? Ici, dans l'Ouest, c'est pas tant l'argent qui manque... C'est plutôt la tendresse qui fait défaut.

– J'suis pas là pour m'occuper d'ça, rétorqua Bella Rossa sans s'émouvoir. J'suis là pour causer affaires. Et, d'ailleurs, j'supporte pas les moustachus.

– Alors, ce sera quarante dollars.

Vexé, le forgeron s'en retourna à son enclume et son soufflet.

– Très bien ! lança Bella Rossa. J'vais trouver un aut'forgeron, tant pis pour toi !

Elle s'apprêta à sortir de l'atelier, mais l'homme la retint.

– À trente-trois dollars, je vous le fabrique, votre truc !

Elle sourit :

– C'est conclu. Je repasserai dans trois jours.

– Cinq jours, négocia le forgeron.

Elle plongea la main dans son corsage et en tira un billet de dix dollars, qu'elle agita sous la moustache du forgeron :

– Quatre jours. Voilà ton acompte.

Il saisit le billet, le huma d'un air gourmand.

– Je viendrais bien pêcher les autres par moi-même, murmura-t-il.

Et, lorsqu'elle quitta l'atelier en roulant ostensiblement des hanches, il poussa un gros soupir. Jamais de sa vie il n'avait vu une paire de seins pareille. Ce qu'elle lui demandait de fabriquer était plutôt bizarre, mais le pauvre homme était tellement troublé qu'il ne chercha pas à comprendre.

***

– Ce sera vingt dollars, au bas mot, annonça le drapier en glissant son crayon derrière l'oreille. Mes fournisseurs m'envoient cette toile par diligence depuis Rich City, sur la côte. Les prix sont forcément majorés à cause du déplacement, vous saisissez ?

– J'comprends bien, répondit Bella Rossa. Mais j'les ai pas, vos vingt dollars. J'vous en propose dix.

Le commerçant, un vieux monsieur frêle au crâne dégarni, secoua la tête. Il reprit son crayon, griffonna des colonnes de chiffres, recommença ses calculs, puis soupira.

– Impossible, ma jeune demoiselle ! Ce sera vingt dollars ou rien. J'ai ma boutique à faire tourner, mes deux employés, le coût de la diligence... Non, je ne peux rien pour vous.

La discussion était mal engagée. Bella Rossa fit quelques pas dans le magasin en contemplant la marchandise exposée sur les étagères. Tout était bien rangé, propre, attrayant. Elle remarqua, dans un coin sombre derrière le comptoir, le portrait d'un jeune homme. Il était vêtu d'un habit foncé, fermé par des boutons brillants, semblable à celui que portait le soldat mort arrivé dans sa ferme, le jour de la guerre. Son visage sérieux apparaissait avec une précision saisissante : c'était sûrement une photographie ! Des mois après avoir croisé les frères Nachon, enfin, elle en voyait une.

– C'est drôlement élégant comme boutique,

commenta-t-elle à voix haute. On voit qu'vous savez y faire. On dirait presque un magasin d'la ville !

Le vieux drapier hocha la tête, et sa face ridée s'éclaira d'un large sourire :

– Merci du compliment. Vous connaissez la ville ?

– Pour sûr ! mentit Bella Rossa. J'y ai vécu, monsieur ! Là-bas, dans l'Est.

– Dans l'Est ? s'étonna le marchand. Mais dans quelle...

– Eh oui ! l'interrompit Bella Rossa. C'était la grande époque. Avant la guerre, j'vivais là-bas. J'me faisais souvent photographier, vous savez ! Et, chez moi, j'avais même une baignoire.

Le drapier laissa échapper un petit rire.

– J'vous jure, c'était la belle vie ! insista Bella Rossa. Et pis, avec cette guerre, tout a été changé. Mon mari s'est fait soldat.

– Ah ?

– Et moi, j'l'ai suivi, figurez-vous. Je m'suis engagée comme cantinière. Fallait bien les nourrir, nos braves, pas vrai ?

– Certainement, soupira le vieil homme. J'ai moi-même vécu dans l'Est. Mon fils s'est enrôlé, lui aussi, comme votre mari.

– Pas possible ! s'exclama Bella Rossa. J'l'ai peut-être rencontré. Comment qu'il s'appelle ?

– Samuel, murmura le vieil homme.

Il se voûta d'un seul coup :

– Mais... voyez-vous, il est mort sur le champ de bataille.

Bella Rossa se tourna vers le drapier et saisit ses mains tremblantes entre les siennes.

– J'suis désolée, dit-elle. J'vous ai rappelé des mauvaises choses. J'voulais pas vous attrister.

Le marchand, l'œil humide, secoua la tête :

– Non, rassurez-vous. Vous ne pouviez pas savoir...

– La guerre, elle a failli m'tuer, moi aussi, enchaîna Bella Rossa. Regardez.

Sans laisser au vieux le temps de protester, elle remonta sa robe jusqu'à son ventre barré de cicatrices.

– Trois plombs. La guerre, c'est une fameuse cochonnerie, pas vrai ?

Elle laissa retomber sa robe. Le marchand fut soudain pris d'un vertige. Il trébucha jusqu'au comptoir, la poitrine creusée de sanglots, et s'y accouda.

– Oh, j'aurais pas dû vous parler d'ces histoires, se confondit Bella Rossa. J'm'en vais, maintenant, j'vous ennuierai plus avec tout ça. Dommage pour la toile. J'ai été contente d'vous rencontrer, m'sieur.

Elle fit mine de quitter la boutique. Au moment où elle passait la porte, le drapier la retint :

– Attendez ! Mademoiselle !

Il contourna son comptoir et jeta un regard sur la photographie de son fils.

– Ça m'a fait plaisir de parler de Samuel, avoua-t-il. Revenez dans cinq jours. Vous aurez votre toile, je m'y engage.

Il posa ses yeux mouillés sur le visage triomphant de Bella Rossa.

– Je suis sûr que Samuel vous aurait trouvée bien jolie, sourit-il.

Elle inclina la tête en guise de remerciement :

– Ce s'rait possible d'avoir la toile dans quatre jours ?

Le drapier poussa un soupir vaincu.

* * *

– Où qu't'étais, saleté ? s'écria Lom'Pa quand il la vit revenir dans la chambre d'hôtel. On peut plus faire confiance à personne dans c'bas monde ! Tu nous abandonnes sans rien dire, comme une voleuse d'la pire espèce ! Tu pues l'canasson, en plus ! Où qu't'as été traîner, scélérate ? Tu crois qu'le travail va s'faire tout seul ? Et l'aut' larbin, là ! Tu crois qu'il aurait bougé sa carcasse ? Il fait rien qu'pioncer depuis l'chant du coq ! J'ai l'estomac, c'est plus un estomac, tellement j'crève de faim !

Bella Rossa ôta ses chaussures et s'assit lourdement sur le fauteuil. D'un côté, elle était rassurée de voir que Lom'Pa avait survécu à sa cuite monumentale, mais de l'autre...

– Tu peux pas m'parler autrement ? demanda-t-elle avec lassitude. J'suis pas un chien. J'suis ta fille. Tu crois qu'ça m'plaît, de t'entendre beugler comme un sagouin depuis qu'je suis venue au monde ?

Le vieux paralytique haussa les épaules.

– Si t'es pas contente, c'est l'même tarif, dit-il. J'beugle si j'veux. Va m'chercher d'quoi manger.

– Pas question. J'ai pas fermé l'œil à cause d'vos bêtises. À mon tour de dormir.

Elle lança une de ses chaussures sur la tête de Jaroslaw qui, sous le choc, se leva d'un bond.

– Hé, mais..., bredouilla-t-il. Qu'est-ce qui se passe ?

– Y s'passe que tu vas emmener Lom'Pa et qu'vous allez m'laisser le lit pour le reste de la journée, annonça Bella Rossa. J'ai dépensé nos économies. Maintenant, si vous voulez casser la croûte, à vous d'bosser !

Jaroslaw se frotta la tête pendant que Lom'Pa suffoquait d'indignation.

– Not' magot ! Elle a liquidé not'magot !

– Ferme-la ! aboya Bella Rossa. J'ai b'soin d'silence pour réfléchir.

Jaroslaw était trop mal en point pour demander la moindre explication. Il se leva, attrapa Lom'Pa par les bretelles, le jeta sur son épaule comme un vieux sac de grain et quitta la chambre. Bella Rossa entendit son paternel ronchonner jusqu'à l'autre bout du couloir.

– Refléchir, réfléchir, quelle poisse ! À chaque fois qu'elle utilise sa fichue cervelle, c'est pour nous flanquer l'diable !

« C'est ça, rouspète ! songea Bella Rossa avec une pointe de tendresse. Tu verras si c'est l'diable que j'te ramènerai. »

Chapitre 26

Durant les quatre jours d'attente, Bella Rossa ne prit plus la peine d'accompagner Jaro et Lom'Pa. Elle décréta qu'elle était fatiguée et qu'ils pouvaient très bien parcourir sans son aide les patelins aux alentours de Buffalo Springs.

– Et ça ? avait objecté Jaro en désignant les lettres peintes sur la bâche de la carriole. Qu'est-ce qu'on va dire aux clients ?

– Tu leur expliqueras qu'*Bella* est occupée et qu'ses associés s'débrouillent très bien sans elle. Oublie pas ton clairon.

– Feignasse, répétait Lom'Pa entre ses dents branlantes.

Il faisait une tête de trois pieds de long, assis sur son tonneau, avec la boîte en fer presque vide sur les genoux. Mais comment aller contre la volonté d'une pareille tête de lard ? Il ne voyait pas. Comme d'habitude, c'était Bella Rossa qui commandait.

« Ciao ! » songeait celle-ci en les voyant s'éloigner, et elle retournait se recoucher avec un sentiment indéfinissable de bien-être. Pour la première fois de sa vie, elle s'accordait des vacances.

Le quatrième jour, pourtant, elle fut debout la première ; elle sella le cheval et partit au galop en direction de la forge.

Lorsqu'elle entra dans l'atelier, le forgeron vint vers elle avec empressement :

– Matinale avec ça ! Mais pas de problème, j'ai votre affaire. Entrez, ma jolie.

– Tiens, vous avez rasé vot'moustache ? remarqua-t-elle négligemment.

Même dans la pénombre, elle put voir le forgeron rougir. Il s'était également parfumé avec une de ces eaux de Cologne bon marché qu'elle vendait elle-même de temps en temps.

– Voilà, dit-il en dépliant un morceau de tissu. Je me suis échiné pendant des heures. J'espère que ça vous plaira.

Au creux du tissu, il y avait deux petites pièces métalliques d'une quinzaine de centimètres chacune. Bella Rossa les saisit entre ses doigts et les leva à hauteur de ses yeux. La première présentait une rangée de petites dents acérées, la seconde une rangée d'œillets. Ça ressemblait tout à fait à ce qu'elle avait imaginé.

– Et voilà la troisième pièce, annonça le forgeron en présentant un minuscule objet triangulaire dans sa paume calleuse d'ouvrier. Elle est tellement petite ! Elle m'a donné du fil à retordre. J'ai plutôt l'habitude de cercler les tonneaux et de ferrer les chevaux...

Bella Rossa s'empara du précieux triangle, au bout duquel pendait un anneau. En silence, elle l'examina, tandis que le forgeron, les mains sur son tablier en cuir, la dévorait des yeux.

– Alors ? demanda-t-il, anxieux.

– Faut essayer, dit Bella Rossa.

Elle enfonça l'extrémité des deux éléments dans une encoche du triangle, puis elle tira sur la boucle. Le triangle avait du mal à coulisser, mais il coulissa finalement. Sur quelques centimètres, les dents et les œillets se trouvèrent emboîtés.

– Alors ? répéta le forgeron.

Bella Rossa planta ses yeux dans les siens. Au fond de la forge, un apprenti manœuvrait un soufflet gigantesque qui entretenait le feu dans une grosse cheminée. On aurait dit qu'un géant ronflait dans l'atelier.

– Alors... ça fonctionne, sourit Bella Rossa. C'est pas complètement au point, mais ça fonctionne.

– Vous êtes contente ?

– Très.

– J'ai fait ça pour vous, ma jolie, chuchota le forgeron en se glissant près d'elle. Depuis quatre jours, je pense à vous. Si vous pouviez me laisser prendre le reste de ma paie là où vous cachez vos billets...

Ses yeux étaient rivés sur la poitrine de Bella Rossa. Il haletait bêtement, avec cet air hagard qu'elle connaissait par cœur. Elle se recula brusquement tout en serrant les pièces métalliques dans son poing.

– Tu m'touches, j't'assomme avec tes enclumes, grogna-t-elle. J't'ai dit qu'j'aimais pas les types dans ton genre.

– Les moustachus ! se récria le forgeron. Vous avez dit que vous n'aimiez pas les moust...

– C'est pareil. J'aime pas non plus les anciens moustachus.

Elle sortit les billets de son corsage :

– V'là tes vingt dollars.

Le forgeron respirait vite, avec des gouttes de sueur qui lui noyaient le front. Il prit les billets.

– Mais je... il manque trois dollars, fit-il d'une voix étranglée.

Bella Rossa avait déjà atteint la porte. Dans la lumière du matin, sa chevelure flambait autant que le feu dans la cheminée. Le forgeron en avait les yeux meurtris de voir tant de beauté lui échapper.

– Tu m'feras bien cadeau de trois pauv'pièces, pas vrai ? lança Bella Rossa, et elle détala vers l'extérieur.

Le forgeron bondit derrière elle :

– Attendez ! Partez pas !

Elle était déjà en selle.

– Vous m'avez même pas dit à quoi ça va servir !

Bella Rossa talonna le cheval.

– Ça s'ra utile aux gars de ton espèce ! répondit-elle en riant.

Et elle partit au galop vers la boutique du drapier, laissant le forgeron pantelant et défait au seuil de son enfer.

Le vieux drapier l'accueillit avec le sourire. Il avait réceptionné les coupons de toile la veille, par diligence express. Bella Rossa tâta le tissu longuement, s'assura de sa solidité et, satisfaite, paya les dix dollars au marchand.

– C'est vraiment une affaire pour vous, soupira le vieil homme. Heureusement que toutes mes clientes ne sont pas de votre acabit, sans quoi je ferais faillite.

– C'est la photographie d'vot'fils ? demanda Bella Rossa sur un ton innocent.

Le portrait trônait désormais sur le comptoir, à la vue de tous. Le drapier s'épancha :

– Il n'avait que vingt-deux ans. Notre seul enfant... Sa mère en est morte de chagrin. C'est pour ça que j'ai tout quitté pour venir ici, dans l'Ouest. J'ai voulu repartir à zéro, vous comprenez ?

Bella Rossa hocha gravement la tête :

– On veut tous une vie meilleure, pas vrai ? C'est pour ça qu'on court, non ?

En disant cela, elle songeait à elle-même, mais aussi à Jaroslaw et à Ornella Bonini. Pour tous ces gens, l'Ouest représentait l'espoir fou d'un effacement de la mémoire et d'un nouveau départ.

Elle fouilla dans la poche de sa robe et en sortit les boutons dorés qu'elle avait récupérés sur l'uniforme du soldat mort juste avant de l'enterrer avec l'aide d'Emmet.

– Tenez, dit-elle en les fourrant dans la main du drapier. J'ai pensé qu'ça vous f'rait plaisir. On dirait les mêmes qu'ceux d'vot' Samuel, non ?

Le vieil homme fit tourner les boutons entre ses doigts tremblants.

– Merci, mademoiselle. Vous ne pouvez pas savoir... C'est tellement injuste de perdre un enfant.

Pour contenir son émotion, Bella Rossa changea rapidement de sujet :

– Vous y êtes déjà allé, à Rich City ? C'est bien là qu'vous achetez vos fournitures ?

Le marchand rangea les boutons et essuya ses larmes :

– Sur la côte, oui. J'y suis allé deux ou trois fois,

mais il faut compter plusieurs jours de voyage, et la diligence me casse les reins.

– C'est comment, là-bas ?

Il haussa les épaules :

– Ma foi, c'est une ville. Ça grouille de partout, surtout depuis qu'on a trouvé de l'or dans les montagnes. C'est grand, avec des bâtiments en pierre. Pas comme ici, où tout est en bois. Ils ont même construit des théâtres, un opéra, une université.

– Des hôtels ?

– Des dizaines d'hôtels ! Et même des palaces de luxe !

– Et des usines ?

– Oui, des filatures, des manufactures, des fabriques de meubles. On trouve de tout, à Rich City.

Les yeux de Bella Rossa luisaient intensément :

– Et... il y a la mer, alors ?

– Sûr, sourit le marchand. L'Océan.

– L'Océan, répéta Bella Rossa.

Elle enroula les coupons de tissu, les cala sous son bras et sortit de la boutique dans un état second. Rich City. L'Océan. Les palaces de luxe. L'opéra. Sûr, ces mots magnifiques ne pouvaient pas être synonymes de calamité.

Elle revint à l'hôtel et attendit avec impatience le retour de Jaroslaw et Lom'Pa. Dans sa tête, tout était prêt, tout s'emboîtait, un peu comme les dents et les œillets de l'étrange invention qu'elle ne cessait de contempler. Elle jubilait en imaginant l'infinité des possibles qu'offrait cette petite merveille métallique. Mais, pour commencer, elle trouverait son application la plus remarquable... sur le pantalon de Jaroslaw.

Chapitre 27

Ce fut d'ailleurs la première chose qu'elle lui dit lorsqu'elle vit revenir la carriole :

– Enlève ton pantalon.

– Plaît-il ? demanda Jaroslaw en haussant les sourcils.

– Fais pas ta chochotte : retire-le et donne-le moi.

Du haut de son tonneau, Lom'Pa se mit à râler :

– Qu'est-ce que t'es encore aller mijoter dans ta cervelle véreuse ? Tu vas tout d'même pas y d'mander de s'mette à poil pour vend'ta camelote ? Tu crois pas qu'on en a par-dessus l'citron, de tes idées à la manque ? Regard'moi ça : deux pauv'billets et une poignée d'piécettes, c'est tout c'qui nous reste ! Tu f'rais mieux d'venir nous aider, plutôt que d'réfléchir ! Et l'aut'zouave, là, tu f'rais bien d'le surveiller d'plus près avant qu'toutes les femelles du pays viennent lui d'mander des comptes... Y en a une qui nous est tombée d'ssus comme une vraie furie. J'ai bien cru qu'on s'en débarass'rait pas !

Bella Rossa plissa les yeux et dévisagea Jaroslaw :

– C'est quoi encore, c't'histoire ?

– Rien, fit-il. Un malentendu. Pourquoi veux-tu mon pantalon ?

– J'ai une amélioration à y coudre, répondit Bella Rossa. Et pis, va payer la note de la chambre. On s'en va.

Résigné, Jaro dénicha un drap, s'enroula les hanches avec et obtempéra. Quand Bella Rossa décidait quelque chose, mieux valait filer doux.

– Où c'est encore qu'tu nous envoies ? soupira Lom'Pa. T'as vraiment la bougeotte. On est bien, ici ! Y a un bon saloon.

Bella Rossa grimpa dans la carriole.

– Eh ben ! Vous m'avez mis un joli bazar, là-dedans ! rouspéta-t-elle en trouvant des sacs renversés, les caisses dégringolées et ses marmites dérangées. Faudra m'remettre tout ça en place !

– C'est à cause d'la fille, se justifia Lom'Pa. Tu l'aurais vue s'accrocher à la carriole, un vrai démon ! On l'a chassée à coups d'torchon, mais c'était pire qu'une mouche à vache, c'te gamine...

– Qu'est-ce qu'elle lui voulait, à Jaro ?

– C'est pas mes affaires, grogna Lom'Pa, mais ton

sergent, il s'fourre dans des histoires pas claires. Elle braillait qu'elle l'avait suivi depuis Anaconda Falls...

Bella Rossa haussa les épaules. Au diable les embrouilles ! Tout ce qu'elle désirait à présent, c'était partir.

Au milieu du désordre, dans un coffret où elle stockait ses articles de mercerie, elle trouva du fil, une aiguille et une paire de ciseaux pointus. Elle revint s'asseoir sur le banc. Dès que Jaroslaw fut revenu et eut repris sa place, elle lui donna le signal du départ.

– Droit vers l'ouest, par la piste des diligences. On bivouaquera en ch'min.

Et c'est ainsi qu'ils quittèrent Buffalo Springs, l'hôtel, le saloon, le pays des mineurs et des chercheurs d'or. Bella Rossa ne questionna pas Jaroslaw au sujet de la fille qui l'avait poursuivi. Elle se plongea dans son ouvrage de couture et ne décrocha plus un mot.

Ils ne s'arrêtèrent qu'à la tombée de la nuit, dans un paysage légèrement vallonné où poussaient des arbres fruitiers. On entendait filer les ruisseaux entre les herbes et des hululements de chouettes.

Ils étaient éreintés.

Jaroslaw sauta à terre et trouva la force de faire un feu. Bella Rossa descendit Lom'Pa de son perchoir pour l'allonger sur une couverture. Cela faisait des semaines qu'ils n'avaient pas dormi à la belle étoile, dans les ténèbres sauvages et le bruissement inquiétant de la nature.

– Y rest'rait pas un fond d'bouteille dans le chariot ? s'enquit le vieux, qui frissonnait dans l'atmosphère rafraîchie par la nuit.

Bella Rossa alla fouiller à tâtons sous la bâche. Elle avait le souvenir d'avoir planqué un flacon de whisky quelque part, mais où ? Tout était sens dessus dessous. Elle s'avança parmi les ustensiles, plongea un bras entre les caisses, et soudain, alors qu'elle soulevait une couverture, quelque chose remua.

– Qu'est-ce que c'est ? cria-t-elle en faisant un bond. Jaro ! Le fusil !

Le temps que Jaroslaw accoure, une voix plaintive et étouffée s'éleva dans l'obscurité :

– C'est juste moi, madame... Ne me tuez pas, par pitié...

Bella Rossa resta interdite.

– Qui est là ?

– C'est moi... Abby.

Une silhouette émergea du fatras au moment où Jaro armait le fusil.

– Attends, ordonna Bella Rossa. Tire pas.

La silhouette tremblait. Deux yeux larmoyants luisaient dans le noir.

– Ne me tuez pas, sanglota-t-elle. Je m'étais cachée, mais je n'ai rien volé, je vous le promets.

– Sors de là, dit Bella Rossa en reculant pour rejoindre Jaroslaw, qui pointait toujours son canon vers l'intruse. Dépêche-toi !

Dans les lueurs du feu de camp, ils virent alors apparaître une très jeune fille, qui serrait contre son ventre un drôle de sac à pompons.

– C'est la furie ! s'écria Lom'Pa. La peste soit ! Elle nous a collé au train !

Jaro baissa son fusil et poussa un soupir excédé, tandis que la petite fondait en larmes.

– Pardonnez-moi, suffoqua-t-elle, je... je ne voulais pas vous faire peur... Je voulais juste... je suis désespérée, je n'ai plus nulle part où aller, ayez pitié de moi !

Elle tomba à genoux dans l'herbe, sous les étoiles, avec sa robe à dentelles qui s'épanouissait en corolle autour d'elle et son drôle de sac à main. Bella Rossa n'en croyait pas ses yeux.

– C'est elle, j'te dis ! continua Lom'Pa. La gamine d'Anaconda Falls ! D'mande donc à ton zouave polonais où qu'il l'a dégottée, c'te perruche !

Bella Rossa enfonça les poings dans ses hanches et se tourna vers Jaro avec un air pas commode.

– J'y suis pour rien ! se défendit-il. Je ne sais pas ce qu'elle me veut ! Elle est sans doute folle !

– Menteur ! hurla la fille en relevant soudain la tête. Vous savez parfaitement qui je suis et ce que je veux ! Je vous l'ai dit tout à l'heure ! Vous m'avez chassée comme une vulgaire mouche, mais vous ignorez ce dont je suis capable ! Je me suis introduite dans votre chariot au moment où vous partiez. Vous n'avez pas le droit de m'humilier davantage !

Elle poussait des cris de bête blessée à vous retourner les sangs. Son visage ravagé par les larmes révélait tant de fureur et de détermination que Jaroslaw en resta coi. Bella Rossa s'approcha d'elle et lui tendit la main pour l'aider à se remettre debout :

– On va éclaircir ça d'vant l'feu.

La jeune fille rassembla ses jupes et se laissa guider. Elle reniflait et tremblait de tous ses membres.

– Ben, et ma bouteille ? se plaignit Lom'Pa.

– La ferme, maugréa Bella Rossa. Tu vois pas qu'on a d'aut' soucis ?

Puis elle se tourna vers la fille et lui demanda des explications, s'attendant au pire.

– Je m'appelle Abigail Stampton, raconta la petite. Ma famille était de passage à Anaconda Falls lorsque votre chariot s'y est arrêté. C'était il y a trois mois maintenant, vous vous souvenez ?

Bella Rossa hocha la tête. Ils avaient fait une halte de plusieurs jours dans cette petite ville, au bord d'un lac. Elle y avait vendu son séchoir à fruits, deux fers à tuyauter et ses moules à confiserie.

– Je m'ennuyais tellement là-bas, dans ce trou ! soupira Abby. Vous comprenez, j'ai plutôt l'habitude de la vie citadine : les bals, les boutiques, les soirées au théâtre. Votre chariot était si distrayant ! Surtout avec le clairon. Je suis venue presque tous les jours pour voir votre marchandise... Je vous trouvais drôles, tous les trois. Vous étiez très pittoresques.

– Pittoresques ? répéta Bella Rossa, sidérée.

– Pardonnez-moi, je ne veux pas vous blesser, madame. Tout cela pour vous dire que votre associé a fini par s'intéresser à moi, et qu'il...

– Je vois, trancha Bella Rossa.

– Je m'en repentirai toute ma vie, reprit Abby. Mais il était si enjôleur, si charmant, que je ne me suis pas méfiée. Je ne connaissais pas les choses de la vie, vous comprenez. Le problème, c'est que...

Elle s'arrêta et se mordit la lèvre, tout en continuant de tripoter nerveusement les pompons de son sac à main.

– Le problème, c'est que... je suis tombée enceinte ! explosa-t-elle, épouvantée. Je suis la honte de ma famille, désormais ! Lorsqu'il l'a su, mon père m'a bannie de chez moi. Je me suis retrouvée seule sur les routes, sans personne vers qui me tourner...

Alors, j'ai décidé de retrouver coûte que coûte celui qui est responsable de mon malheur.

Bella Rossa décocha un regard plein de mépris à Jaroslaw.

– Tu t'rends compte de c'que tu fais, à courir tous les jupons du Continent ! rugit-elle. Bon sang, quel âge a cette petite ?

– Dix-sept ans, madame, renifla Abby. Depuis le mois dernier. Ce jour-là, pour mon anniversaire, j'étais bien seule, et j'ai pleuré toutes les larmes de mon corps.

Jaro ne savait plus que faire. Il dansait d'un pied sur l'autre, loin de Bella Rossa, craignant de se brûler aux flammes de sa colère. Il aurait voulu être une taupe pour disparaître dans les profondeurs de la terre.

– Eh ben, intervint Lom'Pa, maint'nant qu'on est au courant d'l'histoire, on pourrait p'têt' ouvrir une bouteille ?

Abby approuva d'un signe de tête :

– Ce ne serait pas de refus. J'ai besoin d'un petit remontant.

Jaroslaw trouva l'occasion de se rendre utile. Il grimpa dans la carriole et en revint avec le whisky et deux couvertures supplémentaires. Il était pâle. Il n'osait plus regarder quiconque en face.

– Tu peux baisser l'nez, siffla Bella Rossa entre ses dents. C'te gamine est la preuve vivante de ta bêtise ! Qu'est-ce qu'on va faire d'elle, maint'nant ?

– Oh, laissez-moi venir avec vous, supplia Abby. J'ai encore un peu d'argent dans mon sac. Je paierai pour ma nourriture. Si je reste seule, il va m'arriver les pires ennuis...

En entendant ces mots, Bella Rossa tressaillit. « Les pires ennuis », elle les connaissait par cœur.

– Bien sûr qu'tu vas rester avec nous, déclara-t-elle.

Lom'Pa s'envoya une rasade au fond du gosier.

– Elle m'rappelle ta mère, c'te greluche. Tout effarouchée pareil.

– Je ne suis pas effarouchée, monsieur, rectifia Abby après avoir bu une grosse gorgée de whisky. Je suis dans la détresse parce que j'attends un bébé, voilà tout. Mais, comme le répétait souvent mon père, une Stampton reste debout, quoi qu'il advienne.

– Eh ben, elle cause chic, la p'tite ! rigola Lom'Pa en reprenant la bouteille.

Il téta le goulot jusqu'à ce qu'il ne reste plus une goutte. Ensuite, il envoya rouler la bouteille dans l'herbe, s'étira, émit quelques gloussements et, un instant plus tard, il ronflait sous les étoiles. Ces histoires de jupons et de bébés le dépassaient, il préférait ne pas s'en occuper. Quant à Jaroslaw, il s'était réfugié dans la carriole en espérant que la colère des femmes s'éteindrait avec le feu.

– Vous, vous êtes gentille, murmura Abby à Bella Rossa. Je savais que vous n'auriez pas le cœur de me chasser après ce que m'a fait votre associé. Si je retrouve mon honneur et ma famille un jour, je raconterai à mon père ce que vous avez fait pour moi. Il saura vous récompenser, j'en suis certaine...

Elle bâilla avant d'ajouter :

– Papa est très pointilleux sur la moralité de la famille, vous savez. Il a été élevé en Angleterre.

Elle s'allongea sur une couverture et, assommée par tant d'émotions, s'endormit rapidement.

Bella Rossa resta seule devant les braises, avec un sentiment pénible qui lui serrait le cœur. Décidément, chaque fois qu'elle entreprenait quelque chose, il fallait qu'un événement survienne pour contrarier ses projets. Elle bouillait intérieurement. Pour se soulager, elle égrena en silence toutes les grossièretés qu'elle connaissait. Et, lorsqu'elle arriva au bout de la liste, elle tourna les yeux vers le ciel nocturne en s'efforçant d'imaginer combien ses peines restaient négligeables en comparaison des cataclysmes qui se tramaient dans un si vaste univers.

Sans trop savoir pourquoi, elle repensa aux jeunes femmes si gracieuses qui chantaient des prières chez

Ole Garson. Elle pensa aussi à sa mère. Tout comme elles, elle aurait aimé pouvoir s'en remettre à un dieu, lui confier ses tracas et attendre simplement qu'il exauce ses prières. Mais il n'y avait rien à faire : elle avait beau contempler le ciel, elle n'y voyait rien d'autre que du noir, et des étoiles indifférentes.

Là-bas, sous les pruniers, le cheval attendait que la nuit passe. Si elle en avait eu le courage, Bella Rossa serait montée sur son dos et se serait enfuie. Au lieu de quoi, elle observa Abigail : son visage lisse, ses boucles blondes, sa bouche finement dessinée. Oui, elle était ravissante. Pas étonnant que Jaro ait eu envie de la croquer ! Maintenant, il était bien puni. Et eux avec !

– Un bébé, soupira-t-elle en secouant la tête. Qu'est-ce qu'on va faire de ça ?

Elle sentit bouger la pépite de plomb dans ses entrailles, et la douleur monta, monta, jusqu'à lui couper la respiration.

Les mâchoires crispées, elle se massa longuement le ventre, tandis que les chouettes invisibles lançaient leurs cris effrayants dans les arbres des vergers.

Chapitre 28

Les trois journées du voyage jusqu'à Rich City s'écoulèrent dans une ambiance à couper au couteau. Bella Rossa cousait avec acharnement, Jaro menait la carriole, Lom'Pa se plaignait et Abby soûlait tout le monde de paroles.

– Vous ai-je dit que mon père, William Stampton, est un grand ingénieur ? Il connaît tout sur la manière de construire les ponts, les locomotives, les puits de mines, et il a même l'idée d'une voiture à vapeur qui remplacerait les diligences. Il a étudié dans les meilleures universités d'Europe, vous savez, et mon frère Leland travaillera bientôt à ses côtés. Lui, il veut construire des bateaux, je suis sûre qu'il sera très brillant. Est-ce que vous avez déjà pris un bateau ? Moi, oui ! Lorsque nous sommes venus d'Angleterre. Mais je n'avais que six ans, je ne m'en souviens plus trop. Nous avons eu plusieurs maisons, et maman dit toujours qu'elle en a assez de faire et défaire ses malles, mais, moi, j'aime bien changer. C'est pour ça que ça ne me déplaît pas d'aller à Rich City avec vous.

– Tu veux pas fermer ton clapet ? soupirait Lom'Pa.

– Ça ne vous intéresse pas ? s'étonnait Abby.

– Non.

Elle se murait dans un silence offusqué durant un moment, mais sa nature bavarde reprenait invariablement le dessus.

– Vous ai-je dit que j'ai une sœur, aussi ? Elle s'appelle Phillis, et elle n'a que sept ans. C'est un ange. Maman dit toujours qu'elle a beaucoup de chance d'avoir de si beaux enfants. Après ce que j'ai fait, je ne crois pas qu'elle puisse encore s'en vanter. Lorsque papa m'a chassée, elle a pleuré comme une fontaine. C'est elle qui m'a donné son sac à main et son argent. Phillis serait folle de jalousie si elle savait que ce sac est à moi ! Il est si joli, avec tous ses petits pompons, vous ne trouvez pas ?

– Vous croyez qu'ça pourrait s'vendre, un moulin à paroles ? geignait Lom'Pa, désespéré.

– Oh, vous pouvez toujours me juger ! répliquait Abby. Je m'en fiche ! Je suis bavarde, c'est vrai, mais figurez-vous que cela me sera très utile dans mes projets...

Comme personne ne la relançait, elle continuait toute seule :

– Depuis que je suis toute petite, j'ai le rêve de devenir actrice. Cela vous étonne, n'est-ce pas ? Pourtant, je suis sûre que je suis faite pour monter sur les planches ! Un jour, dans un théâtre, j'ai vu une dame très belle qui mourait d'amour pour un roi. C'était si beau ! Je me suis imaginée à sa place, avec une robe blanche et des larmes dans les yeux. Papa n'est pas tellement d'avis que ce soit un bon métier, mais, maintenant qu'il m'a renvoyée de la maison, il n'a plus rien à dire !

À l'avant, sur le banc, Jaroslaw affichait une triste figure. Il n'ouvrait plus la bouche et évitait de croiser le regard accusateur de Bella Rossa. La présence d'Abigail le glaçait. Il n'avait aucun souvenir de l'avoir séduite à Anaconda Falls ; cela dit, il était bien obligé de reconnaître qu'il ne se souvenait jamais de ses conquêtes. Les visages de toutes ces filles se dissolvaient dans sa mémoire, les uns à la suite des autres. Voir resurgir Abigail lui faisait l'effet terrifiant de se trouver face à un fantôme. Et pourtant cette petite était en chair et en os… Pire : elle attendait un bébé de lui. Cette pensée l'affolait et lui donnait la nausée.

– Que cousez-vous ? demandait régulièrement Abby à Bella Rossa. Allez, dites-le-moi ! J'aime tellement les ouvrages ! Je sais broder, tricoter, et maman m'a même appris la tapisserie. Je connais le point de croix, le point de natte et le point noué. Il paraît que je suis plutôt douée, vous me laisseriez essayer ? J'aimerais tant vous aider !

– C'qui nous aid'rait, gémissait Lom'Pa, c'est qu'tu la boucles !

Bref, ce fut un calvaire.

Enfin, un soir, Jaro stoppa la carriole en haut d'une colline. La poussière de la route s'était déposée en couche épaisse sur son visage brûlé par le soleil. Il avait soif et faim. Mais le spectacle qu'il découvrit lui fit d'un seul coup oublier ses peines.

– Regardez ça ! souffla-t-il.

Au bas de la colline, les rues en pente de Rich City quadrillaient la terre. Des maisons hautes, en bois ou en pierre, ondulaient sur une succession de collines verdoyantes, et, au fond, dans la lumière rasante du couchant, commençait... l'Océan.

Bella Rossa délaissa son ouvrage. Lorsqu'elle vit l'immense étendue des flots, avec les silhouettes des bateaux amarrés dans la baie et tout ce scintillement doré, sa poitrine se souleva brutalement et un sanglot douloureux resta bloqué dans sa gorge. Cet endroit était beau à pleurer.

– Ben…, dit simplement Lom'Pa.

Pour une fois, il ne trouva aucun juron capable de résumer ce qu'il éprouvait. De toute sa vie de culterreux, il n'avait jamais vu autant de flotte.

– Et alors, vous en faites, des têtes ! leur fit remarquer Abby en riant. C'est à croire que vous n'avez jamais vu la mer !

Jaro, Lom'Pa et Bella Rossa la dévisagèrent avec froideur. Il devenait de plus en plus évident que cette gosse avait le don de leur gâcher l'existence.

Quatrième partie

Chapitre 29

Dès le lendemain de leur arrivée à Rich City, ils étaient à nouveau pauvres comme Job. Les quelques billets conservés au fond de la boîte en fer venaient d'être dépensés par Bella Rossa, et il ne restait dans la carriole qu'une pelle à braise, un pichet à eau, deux almanachs et du fil à pêche.

– Tu peux m'dire quelle mouche t'a piquée ? s'énerva Lom'Pa lorsqu'il avisa les emplettes de sa fille. On crève de faim, et tout c'que tu trouves à faire, c'est j'ter l'argent par les f'nêtres ? Tu crois qu'c'est l'moment d'jouer les coquettes ?

Bella Rossa s'exhibait dans sa nouvelle robe, très rouge et très décolletée, avec la paire de bottines noires qu'elle avait dénichée dans une boutique de mode tenue par une Française. Elle avait bien tenté d'obtenir une réduction pour un chapeau à voilette, mais la vendeuse n'avait rien voulu savoir.

– C'est si chou ! s'émerveilla Abby. Ne prêtez pas attention aux mauvaises langues. Maman dit toujours que, même dans les pires moments, il faut savoir rester femme. Moi, je vous trouve ra-vi-ssante !

Bella Rossa se tourna vers Jaroslaw. Assis à l'écart près des deux vaches, il ruminait des idées noires.

– Et toi, lui lança-t-elle, qu'est-ce que t'en dis ?

Il la jaugea de loin en fronçant les sourcils :

– J'en dis que tu as l'air d'une poule.

– Merci.

– C'est gratis, répliqua Jaro en haussant les épaules. De toute façon, chaque fois que j'ai le malheur de dire que je te trouve belle, tu m'envoies balader...

Bella Rossa ne lui prêta plus attention. Elle avait décidé de s'occuper des choses importantes ; la mauvaise humeur de Jaro n'en faisait pas partie.

Elle sangla le pantalon et les rouleaux de tissu sur la selle du cheval, confia Lom'Pa à Abby, et se mit en croupe.

– Mais où c'est qu'tu vas encore, bourrique ? grogna son paternel. C'est bien la peine d'avoir une fille, si c'est pour la voir prend' la poud' d'escampette toutes les cinq minutes !

– J'ai un rendez-vous d'affaires, répondit Bella Rossa en souriant. Et pas d'bêtises pendant mon absence !

Princière, elle partit au trot vers les rues en pente de Rich City en laissant voler autour d'elle les froufrous de sa robe.

Quelques instant plus tard, elle pénétrait dans le bureau des manufactures Dodge et Peterson, au cœur du quartier industriel de la ville.

Lorsqu'ils virent entrer cette femme écarlate, Robert Dodge et Magnus Peterson eurent un éblouissement. La bouche ouverte, les yeux écarquillés, ils oublièrent d'un coup les bordereaux de commande, les colonnes de débit, de crédit, et les fiches de paie de leurs employés. L'étourdissante beauté de Bella Rossa les rendit instantanément stupides : c'était le but recherché.

Elle se présenta, puis s'approcha des deux hommes en se déhanchant sur ses talons. Elle déposa sous leur nez les coupons de tissu ainsi que le pantalon sur lequel était solidement cousu le prototype de ce qu'elle désigna en ces termes : « une fermeture glissante et révolutionnaire ».

Dodge et Peterson clignèrent des yeux. Exposés dans les balconnets de la robe coquelicot, les seins de Bella Rossa ressemblaient à un envol de montgolfières. Les deux industriels se seraient damnés sur-le-champ pour un baptême de l'air.

Parfaitement consciente que son charme opérait, Bella Rossa ne perdait pourtant pas le nord. Elle attrapa l'anneau en fer et fit coulisser la pièce de métal sur les rangées de dents. Cela fit « zip », et Bella Rossa vanta à son auditoire les avantages de son invention : grâce à cette « fermeture glissante », les braguettes s'ouvraient ou se fermaient en un seul geste ; c'était simple comme bonjour.

– ... même pour les manchots ! conclut-elle en songeant qu'elle était bien placée pour le savoir.

Au bout d'une heure d'explications et de démonstrations, Dodge et Peterson signèrent un contrat par lequel ils s'engageaient à fabriquer gratuitement la première série de modèles ; Bella Rossa les rembourserait petit à petit sur les ventes. Radieuse, elle traça une croix au bas de la feuille où leur arrangement était notifié.

– Je vous laisse le prototype, dit-elle en désignant le pantalon. Je reviendrai dans six jours chercher mes autres modèles.

Robert Dodge, muet comme un poisson, se contenta de hocher la tête. D'ordinaire, il parlait affaires avec des messieurs austères qui puaient le cigare. Cette femme envoûtante lui faisait brusquement voir son métier sous un jour rafraîchissant. Magnus Peterson s'empressa de contourner le bureau, glissa son bras sous celui de Bella Rossa et la raccompagna jusqu'à la porte.

– Six jours..., murmura-t-il. Je ne sais pas si je survivrai aussi longtemps sans vous voir.

Bella Rossa replaça une mèche rebelle derrière son oreille.

– Occupez-vous vite de ma commande, susurra-t-elle. J'penserai bien à vous.

– Vraiment ? sursauta Peterson.

Elle baissa les cils, sourit, et s'éloigna à petits pas en veillant à ne pas se tordre les chevilles dans ses bottines neuves.

Une fois dehors, elle poussa un soupir de soulagement. C'était gagné ! Ce contrat était la dernière étape du processus ; cela valait bien un petit numéro de séduction et quelques ampoules aux orteils. Dans six jours, les dix caisses prévues seraient prêtes, autrement dit : deux cents pantalons munis de « Fermetures Glissantes et Révolutionnaires Bella Rossa », le tout aux frais des manufactures Dodge et Peterson ! Elle avait envie de danser la gigue et d'embrasser quelqu'un !

Elle se remit en selle, le cœur léger et la tête pleine de chiffres. « Si j'vends chaque pantalon quatre dollars, pensait-elle, et même si j'retire à la somme globale les trente dollars du forgeron, les dix du drapier et la part de remboursement, j'peux gagner en un rien d'temps... six cent soixante dollars ! »

C'était beaucoup plus que ce qu'elle avait jamais engrangé avec son commerce ambulant. Elle talonna les flancs du cheval. Ah, quelle journée magnifique !

« Et si j'les vendais plutôt cinq dollars, mes pantalons ? songeait-elle en traversant les avenues rectilignes de Rich City. Ça m'ferait huit cent soixante dollars ! »

Elle calcula ainsi ses bénéfices avec une excitation croissante, jusqu'à ce qu'elle parvienne au sommet de la colline où l'attendaient ses compagnons.

– À ton avis, Jaro, demanda-t-elle en sautant de cheval et en se précipitant vers lui, y a combien d'personnes qui vivent dans c'te ville ?

Jaroslaw la dévisagea :

– Tu ne m'as pas rapporté mon pantalon ?

– Tu l'auras dans six jours. Alors, à ton avis, combien ?

– Je n'en sais rien, fit-il. Peut-être cent mille ? Deux cent mille ?

– Deux cent mille ! exulta Bella Rossa. Tu t'rends compte ! Si j'vends mes pantalons à fermeture glissante à tous les hommes de Rich City, ça m'fera...

Le chiffre était astronomique ; elle ne parvint pas à le calculer. Tout ce qu'elle voyait, c'était cette ville immense qui se déroulait à ses pieds comme le tapis rouge d'un palace. Les milliers de dollars étaient là, à portée de main ! Elle avait enfin trouvé sa mine de pépites, son filon !

– Et tout ça grâce à toi, et à ta sale manie d'ouvrir ta braguette à tout bout d'champ ! s'exclama-t-elle en embrassant Jaroslaw avec fougue.

Dans sa fièvre spéculatrice, elle oubliait toutes les épreuves que Jaro lui avait fait endurer, les pincements affreux de la jalousie, les ravages causés à son cœur et à sa fierté. Elle oubliait les filles aux gros derrières, les nuits de solitude à guetter le retour de son amour, les douleurs qui lui transperçaient le ventre, tout.

– Millionnaires ! hurla-t-elle en tourbillonnant autour de Jaroslaw. C'est pas beau, ça ? Et, quand on s'ra riches, j't'épouserai !

Jaro la regardait, ébahi. Était-il possible que leur histoire d'amour ne soit pas morte ? Était-il possible de rêver encore un peu et d'imaginer que Bella Rossa pourrait effacer la longue liste de ses reproches ? Elle avait tant souffert par sa faute, et par la faute de l'existence en général, que Jaro n'y comptait plus. Mais là, à la voir tournoyer sur cette colline dans sa robe coquelicot, il reprenait espoir.

Ce coin de ciel bleu se trouva vite obscurci :

– Et moi ? intervint soudain Abby avec colère. Vous m'oubliez ? Je vous rappelle que j'attends un enfant de monsieur Jaro. S'il doit épouser quelqu'un, c'est bien moi !

Bella Rossa blêmit. Cette gamine était une vraie douche froide. Jaro ? L'épouser ? Et puis quoi encore ? Pour couper court à toute discussion, Bella Rossa alla chercher dans la carriole le pinceau et le pot de peinture, et les lui fourra dans les mains :

– Tiens, lui dit-elle, rends-toi utile ! Faut m'peindre un nouveau slogan sur la bâche. Tu sais écrire, non ?

– Bien sûr ! Maman dit toujours que...

– Je m'fiche, de c'que dit ta mère. J'veux des belles lettres qui disent : « Bella et Cie, système révolutionnaire pour vos braguettes. » Applique-toi !

Chapitre 30

Six jours plus tard, Bella Rossa, triomphante, ouvrit les caisses sous les yeux de ses compagnons. Elle déplia chaque pantalon et en actionna méthodiquement les fermetures. Les anneaux coulissaient avec un délicieux « ziiip ». Dodge et Peterson avaient bien travaillé.

– J'me d'mande si j'ai jamais rien vu d'aussi moderne ! se félicita Bella Rossa. J'vous l'dis : c'est la mort des boutons !

Jaroslaw enfila un des pantalons. Quand elle le vit si aisément ouvrir et fermer sa braguette, Bella Rossa ne put s'empêcher de lui lancer un sourire ironique :

– Pratique quand on est pressé, non ?

Il haussa les épaules. Depuis qu'ils étaient arrivés à Rich City, pas un instant il n'avait quitté la colline, et aucune fille n'était passée dans ses bras. Néanmoins, il rétorqua :

– Il faudra que j'essaie. Il faut toujours tester les inventions sur le terrain pour savoir si elles sont efficaces.

– Ben, pour commencer, t'auras qu'à faire des démonstrations d'vant les clients, suggéra Bella Rossa. Va falloir qu'ça s'vende, si on veut pas crever d'misère.

Pendant les semaines qui suivirent, ils travaillèrent sans relâche du matin au soir, sillonnant avec leur carriole les rues et les places de la ville.

À la grande déception de Bella Rossa, les pantalons révolutionnaires se vendaient au compte-gouttes. Pourtant, elle se donnait du mal : elle avait baissé ses prix, et elle avait même mis au point une comédie astucieuse, avec Abby dans le rôle de la cliente anonyme. Lorsque les badauds étaient attroupés, la jeune fille sortait du rang et lançait bien haut :

– Je vous ai acheté un modèle pour mon père la semaine passée ! Il est si content que je reviens pour vous en acheter deux autres.

– Deux autres ? répondait Bella Rossa, faussement étonnée.

– Eh oui ! s'écriait Abby. Un pour mon frère, et un autre pour mon oncle ! Ils en sont fous !

Elles effectuaient le simulacre de transaction, et Abby en profitait pour s'extasier encore sur la qualité et la commodité des fermetures glissantes, ce qui finissait toujours par convaincre un client parmi la foule, mais guère davantage.

– J'comprends pas ! soupirait Bella Rossa lorsque Jaro lui annonçait, le soir, leur maigre recette. Qu'est-c'qui cloche ?

– C'est p'têt' trop moderne comme invention ? disait Lom'Pa avec une pointe de lassitude. En attendant, ça étanche pas la soif...

Ils mangèrent de la vache enragée, dormirent ici ou là à la belle étoile, s'offrant pour seule distraction des promenades le long de la baie, lorsque le dimanche était beau. Ils délaissaient alors les vaches et hissaient Lom'Pa sur le dos du cheval afin qu'il puisse admirer l'Océan. C'était une consolation de voir les vagues, mais la beauté, si vaste soit-elle, ne remplissait pas les estomacs.

À force de se serrer la ceinture, ils avaient des cernes noirs sous les yeux et le teint un peu jaune des traîne-misère. Lom'Pa semblait si fatigué qu'il en oubliait de rouspéter, et Jaro devenait de plus en plus mélancolique. Mais c'était l'état d'Abby qui préoccupait le plus Bella Rossa. Cette gamine était certes une emmerdeuse de première, mais elle l'aimait quand même. La pauvre n'avait que la peau sur les os. De temps en temps, par les jours de chaleur, elle tombait dans les pommes. Alors, Bella Rossa se privait de la galette de maïs qui constituait le plus souvent l'essentiel de son souper.

– Mange, j'te dis ! J'ai pas faim, moi.

– Vous mentez, constatait Abby.

– J'ai des réserves, rétorquait Bella Rossa en passant ses mains sur ses rondeurs naturelles. Pense à ton bébé et m'casse pas les pieds.

Abigail finissait par manger la double ration.

– Si ça peut vous faire plaisir, marmonnait-elle entre ses dents. Mais, moi, je m'en moque bien, de ce bébé. Je n'en veux pas.

– Que tu en veuilles ou non, c'est pareil. Faudra bien l'mettre au monde !

– À quoi ça servira ? se révolta un jour la petite. Il n'est même pas né qu'il a déjà une vie triste ! Je ne veux pas me charger de lui et son père me déteste tellement qu'il ne voudra même pas le regarder. C'est pourtant lui le responsable, non ? Mais voilà : il est lâche.

Bella Rossa sentit alors le feu lui monter aux joues. Dans cette histoire, Jaroslaw avait tous les torts, et pourtant elle ne supportait pas d'entendre dire du mal de lui.

– Laisse donc Jaro tranquille, recommanda-t-elle à Abby, c'est plus compliqué qu'tu l'crois. Occupe-toi d'manger et, quand y s'ra temps, on verra bien c'qu'on en f'ra, de c'bébé.

Il lui arrivait de rendre visite à Robert Dodge et à Magnus Peterson. Elle masquait de son mieux les signes de son dépérissement, ondulant des hanches et pigeonnant de la poitrine, mais les deux industriels n'étaient pas dupes : sa somptueuse robe rouge s'effilochait, les talons de ses bottines s'affaissaient, et la rousseur de ses cheveux se ternissait peu à peu.

– Comment vont les affaires ? s'enquérait Dodge, qui attendait ses remboursements.

– Formidable, répondait crânement Bella Rossa. J'vais sans doute vous passer une aut'commande la prochaine fois !

– Tant mieux, souriait Peterson.

Il la prenait à part.

– En attendant, chuchotait-il, vous ne seriez pas contre un dîner en ville ? En tête à tête, avec moi ? Je connais un restaurant français sur le port. On y mange de merveilleuses « blanquettes de veau ».

Bella Rossa salivait. Peterson était un homme élégant, délicat, avec une figure blonde qu'il avait héritée de ses ancêtres suédois. Quel mal y aurait-il à accepter la compagnie d'un Viking autour d'une bonne table ?

Elle se laissa ainsi inviter une fois, deux fois... Pour son estomac, ces dîners furent des moments de plénitude, mais, pour sa conscience, ce fut une autre paire de manches. Bella Rossa ne savait plus comment repousser les avances de Peterson. Elle ne pouvait pourtant pas envisager de lui céder sous prétexte qu'il la nourrissait !

– Vous savez, finit-elle par dire le soir du troisième dîner, c'est pas qu'j'y mette de la mauvaise volonté, mais... comment dire... J'vois bien qu'vous m'tournez autour, et...

– Je vous tourne autour, c'est la vérité, la coupa Peterson en rougissant légèrement. Ne soyez pas embarrassée. Vous êtes si belle, si décidée, si franche. La première fois que je vous ai vue, je suis tombé sous le charme. Je ne peux pas vous mentir, j'espère sincèrement que vous finirez par m'apprécier.

– J'vous apprécie ! se récria Bella Rossa. Mais faut qu'je vous dise... j'ai déjà un homme.

– Vous êtes mariée ? s'alarma Peterson.

– Non, non. Mais c'est tout comme.

– Vous l'aimez, c'est cela ? demanda-t-il, rembruni.

– Ben..., hésita Bella Rossa, c'est-à-dire qu'c'est compliqué. J'peux même pas vous dire comment qu'c'est, tellement c'est compliqué.

Perterson fronça les sourcils :

– Il ne partage pas vos sentiments ?

Bella Rossa poussa un soupir découragé. Elle regrettait d'avoir évoqué tout cela. Aux yeux de cet homme civilisé, instruit, si blond et si suédois, l'histoire bancale et mouvementée qui s'était cousue entre elle et Jaroslaw ne ressemblerait sûrement à rien de valable. Comment lui faire comprendre que, malgré ses débordements, ses maladresses et ses tromperies, Jaro restait son amoureux, son amant, l'homme de sa vie ? Comment lui faire comprendre avec des mots les sentiments puissants qui animaient son cœur ? C'était impossible.

– J'veux bien un aut'verre de vin, dit-elle finalement. Vous en faites pas. J'essaierai d'vous expliquer une aut'fois.

– Cela veut-il dire que vous accepterez un autre dîner avec moi ? se réjouit Peterson.

– Ben, j'suis pas contre, répondit Bella Rossa en plongeant sa fourchette dans les strates crémeuses d'un gratin dauphinois.

Vers le début de l'automne, les choses évoluèrent : au lieu de vendre seulement un ou deux pantalons dans la semaine, Bella Rossa en vit partir sept. La semaine suivante, onze autres modèles furent achetés. Et ce rythme nouveau se confirma encore les semaines d'après, si bien que, arrivé au début de novembre, le stock avait fondu. Il ne restait plus que deux caisses, et les clients en redemandaient !

Très excitée, Bella Rossa se précipita chez Dodge et Peterson. Magnus s'était absenté pour visiter des clients, et c'est Robert qui la reçut.

– J'veux passer une aut'commande ! s'exclama-t-elle.

Dodge marqua sa surprise.

– Les gens sont contents, expliqua Bella Rossa. Ils en veulent encore, d'mes fermetures glissantes ! Faut voir comme ils s'passent le mot ! Ça fait l'tour des quartiers !

– Dix caisses ? demanda Dodge.

– Il m'en faut l'double ! s'enhardit Bella Rossa.

Dodge hocha la tête. Il sortit d'un tiroir un autre contrat, le relut, biffa et rectifia deux ou trois détails, avant de le présenter à Bella Rossa, qui le parapha d'une croix insouciante, comme le précédent.

– Quand est-ce que j'peux rev'nir chercher mes caisses ?

– Le plus vite sera sans doute le mieux, fit Dodge. Revenez dans trois jours.

Dans son enthousiasme, Bella Rossa l'embrassa sur le front et sortit de la manufacture avec un sentiment d'ivresse extraordinaire. Rich City la prenait enfin au sérieux ! Rich City ne la laisserait plus mourir de faim dans ses faubourgs ! Et, bientôt peut-être, elle pourrait se pavaner dans les quartiers rupins.

– Yahii ! hurla-t-elle en talonnant le cheval.

Pour elle, c'était certain, le temps des vaches maigres était terminé.

* * *

Le succès des « fermetures glissantes et révolutionnaires » alla croissant. Novembre fut fructueux, décembre prospère, et janvier triomphal. Les commandes se succédèrent : de vingt caisses, elles passèrent à trente, puis à cinquante. Derrière son bureau, Robert Dodge se frottait les mains : sa mise de départ était amplement remboursée, et les bénéfices grimpaient en flèche. En homme d'affaires avisé, il encouragea Bella Rossa à prendre un rendez-vous dans une banque suisse :

– Le directeur est un ami à moi, précisa-t-il. Il saura faire fructifier ce début de fortune, allez-y de ma part.

Tout d'abord sceptique, Bella Rossa dut vite admettre que Dodge avait raison : cela faisait un bail que la boîte en fer de Lom'Pa ne suffisait plus à contenir les recettes, et même le gros coffre à linge débordait de billets froissés.

Un matin de cet hiver-là, Jaroslaw l'aida à hisser leur fortune dans la carriole, puis à la transbahuter jusqu'au quartier chic de Rich Hill.

Perchée sur une des innombrables collines de la ville, la banque dissimulait sa façade derrière un rideau d'épicéas pleureurs, tandis qu'aux alentours des maisons cossues avançaient leurs colonnes de marbre sous des porches tape-à-l'œil. Depuis ces hauteurs, on voyait se balancer les caravelles et les baleiniers qui encombraient la baie.

Lorsque le pactole fut en sécurité dans la banque suisse, Bella Rossa s'arrêta au milieu de la rue pour contempler l'Océan. Même sous la grisaille, elle ne s'en lassait pas.

– À quoi tu penses ? lui demanda Jaro.

– Je m'demande c'qu'y a de l'aut' côté d'l'Océan, murmura Bella Rossa. Tu l'sais, toi ?

– Non, avoua Jaro.

Ils restèrent ainsi, côte à côte, un long moment. L'hiver faisait planer ses brumes fraîches entre les collines. Il pleuvait un peu, mais Bella Rossa s'était acheté un grand chapeau qui abritait son éclatante rousseur des désagréments du temps.

– J'ai l'impression qu'Maussad-Vallée a jamais existé, dit-elle encore. C'est tellement loin qu'j'arrive plus à m'souvenir.

Les yeux perdus vers l'horizon, Jaroslaw sourit d'un air nostalgique :

– Je n'ai rien oublié, moi. La ferme en rectangle, avec la cour et l'étable. Au milieu, il y avait la pompe à eau et l'abreuvoir. Et, sur le côté, l'enclos des porcs. Je me souviens du soleil écrasant et des nuées de mouches. Je me souviens... surtout de toi. Ta manière de nous regarder quand on a déboulé là, sans crier gare. Tu avais l'air tellement...

Il s'interrompit, cherchant timidement ses mots.

– Tellement quoi ? demanda Bella Rossa.

Sa gorge s'était serrée. La voix douce de Jaroslaw l'avait toujours émue plus qu'il ne l'aurait fallu.

– ... tellement forte, répondit Jaro. On aurait dit que tu étais, je ne sais pas... aussi solide qu'un arbre. Après, tu nous as offert de l'eau, pour nous et nos chevaux, tu t'en souviens ? Tu paraissais forte, c'est vrai, mais j'ai tout de suite eu peur que la guerre ne te détruise.

– Elle m'a détruite, affirma Bella Rossa.

– Non. La guerre t'a blessée, c'est tout. Tu te rappelles ce que je t'ai dit, dans la chambre à Buffalo Springs ?

Bella Rossa fronça les sourcils.

– À propos du voyage, précisa Jaro. Je t'ai dit que tu irais jusqu'au bout, quoi qu'il arrive. J'avais raison, non ? Te voilà au bout, maintenant. La preuve : tu as oublié comment était ta misère d'autrefois, ta ferme, ta terre. Te voilà riche, libre, avec la fierté d'avoir su créer quelque chose... C'est ça que j'appelle le bout.

Bella Rossa secoua vigoureusement la tête. Une mèche de ses cheveux rouges s'échappa de son chapeau et vint lui caresser l'épaule.

– C'est pas ça, Jaro. Tu t'trompes. Le bout, je l'verrai seulement le jour où j'me sentirai heureuse.

Elle le dévisagea avec gravité :

– La guerre, elle m'a détruite : j'aurai jamais d'enfant à cause des plombs qui m'ont troué l'ventre. C'est l'chirurgien du bataillon qui m'la dit.

Jaro pâlit. Cette confidence lourde d'amertume et de tristesse le prenait au dépourvu. Il vacilla comme sous l'effet d'un vertige.

– Et quand j'regarde c'te gamine d'Abigail..., poursuivit Bella Rossa, la pauvre gosse ! Tous les jours, elle va rôder dans l'quartier des théâtres avec ses rêves qui s'effilochent. Elle attend d'être délivrée d'son fardeau. T'as vu son ventre ? T'as vu comme il a grossi ?

Jaro secoua la tête.

– T'as pas la conscience tranquille parce que tu penses à tes aut'enfants, pas vrai ? lui lança Bella Rossa à la face. Mais est-ce que t'as imaginé qu'à force d'ouvrir ta braguette y en a p'têt' des dizaines, des filles comme Abby ? Des dizaines qui traînent leur ventre, qui pleurent, qui s'lamentent par ta faute !

Elle respirait si vite ; sa poitrine rebondissait follement sous son corsage.

– Et moi ? s'écria-t-elle. J'suis bien la seule sur tout l'Continent qui risque pas d'attendre un enfant d'toi ! Tu trouves ça juste ?

Des larmes montèrent dans ses yeux, comme une marée d'équinoxe. C'était la troisième fois que Jaro voyait pleurer sa femme, et il n'avait toujours pas de remède à son chagrin. Il se sentit mauvais, imbécile, grotesque.

– J'sais pas comment faut faire pour être heureuse, avoua Bella Rossa. J'ai voulu la fortune, j'me suis crevé la paillasse pour posséder un chapeau comme çui-là, pour qu'Lom'Pa puisse vieillir sans tracas, pour plus avoir faim. Mais j'ai jamais cru qu'ça pouvait suffire.

Jaroslaw baissa honteusement la tête :

– Tu as eu tort de compter sur moi. Je ne suis pas capable de te rendre heureuse. Je ne suis bon qu'à faire mourir les gens autour de moi.

Bella Rossa s'essuya les yeux. Elle n'avait plus envie de pleurer, c'était lamentable d'en être arrivée là.

– Cherche pas d'excuses, trancha-t-elle. Amène la carriole, on rentre à l'hôtel.

Chapitre 31

L'hôtel était l'un des plus luxueux de Rich City : un bâtiment qui se donnait de grands airs, avec des dorures, des moulures, des statues grecques dans les jardins et des fontaines. On y croisait le soir dans le hall des hommes d'affaires venus de l'Est, des mineurs de la première heure qui avaient su faire fructifier l'or des montagnes, de gros fermiers, des Chinois qui s'étaient lancés avec succès dans le commerce du jeu, des écrivains et des journalistes. Au milieu de cette population, Bella Rossa ne se sentait guère à son aise, mais elle gardait le front haut lorsqu'elle passait près des quelques bourgeoises qui accompagnaient leurs maris.

Elle avait choisi cet hôtel pour ses chambres avec vue sur l'Océan. Et aussi, bien entendu, pour ses baignoires. Ce fut d'ailleurs sa première préoccupation, une fois la chambre louée : commander un bain. Elle le prit chaud et en toute conscience, s'y prélassant une heure durant, espérant ainsi se laver des affronts du bain précédent et de Ole Garson. Celui-là, elle voulait l'oublier, le dissoudre, l'éliminer.

D'une manière générale, c'était cela que souhaitait Bella Rossa : nettoyer sa mémoire de toutes les calamités. À coups de dollars et d'eau chaude, elle se disait qu'elle finirait par engloutir les mauvais souvenirs, par les noyer sous des cascades de luxe. Elle comptait bien y parvenir un jour, et consacrer enfin son énergie à vivre, tout simplement.

Pourtant, il y avait encore une ombre au tableau : depuis qu'ils étaient à l'hôtel, Lom'Pa ne quittait plus la chambre. Il passait son temps à contempler le plafond avec un air d'hébétude qui rendait Bella Rossa soucieuse.

Lorsqu'elle revint ce jour-là de Rich Hill en compagnie de Jaroslaw, elle trouva son vieux père encore plus immobile, avec un teint plus jaune et des tremblements plus violents dans les mains.

– Tiens, dit-elle pour lui faire plaisir, j't'ai rapporté une bouteille d'whisky. C'est l'meilleur, à c'qui paraît.

Lom'Pa posa sur elle un regard éteint. Elle déposa la bouteille sur la table de chevet et s'assit sur l'édredon, tout près de lui.

– T'as une drôle de sacrée mine, constata-t-elle. T'as froid ?

Lom'Pa secoua la tête.

– T'as p'têt' un p'tit creux ?

Il secoua de nouveau la tête. Avec son cou décharné et ses cheveux gris éparpillés sur l'oreiller, il avait l'allure d'une vieille volaille.

– Il est en train de tomber malade, intervint Jaro. On devrait l'emmener voir un docteur.

Lom'Pa écarquilla les yeux, effrayé.

– Pas un doc'..., murmura-t-il entre ses lèvres sèches. J'veux pas qu'on m'triture !

Bella Rossa saisit ses mains et les serra très fort :

– Mais non, t'inquiète pas ! Jaro, il dit n'importe quoi, comme d'habitude. T'es pas malade. T'es juste fatigué. J't'ai fait mener une vache de vie, pas vrai ? D'puis qu'on est partis d'Maussad-Vallée, t'as eu ta dose, hein ? Faut t'reposer, maintenant. T'as plus b'soin de t'faire du souci pour gagner not' croûte. Jaro et moi, on a mis une montagne de dollars dans l'coffre-fort d'la banque. Tu peux être tranquille.

Lom'Pa se détendit un peu. Il ferma les yeux.

– C'est ça, dors..., chuchota Bella Rossa.

Elle quitta la chambre à pas de loup, avec Jaro sur ses talons qui haussait les épaules et qui bougonnait.

– Il est malade, ton vieux ! lâcha-t-il quand elle eut refermé la porte. C'est pas de repos qu'il a besoin, c'est de médicaments, sinon...

– Depuis quand t'es docteur ? le coupa sèchement Bella Rossa. J'le connais mieux qu'toi, et il en a vu d'autres. Il va s'en r'mettre, j'te dis.

À cet instant, Abigail apparut au bout du corridor. Elle marchait lentement, le ventre en avant, traînant derrière elle un petit chien blanc qui jappait.

– Regardez ce que j'ai acheté ! s'exclama-t-elle, réjouie. Il est chou, non ? Le marchand m'a dit que c'est un bichon... Alors, c'est comme ça que je l'ai appelé : Bichon ! Vous ne trouvez pas que ça lui va à ravir ?

Bella Rossa leva les yeux au ciel et poussa un soupir. Cette gosse allait accoucher dans quelques semaines, et voilà qu'elle leur fichait un cabot dans les pattes !

– Maman dit toujours que le blanc est salissant, ajouta Abby, mais, puisqu'elle n'est pas là, je peux bien faire comme je l'entends, n'est-ce pas ? Allez, Bichon, va dire bonjour à nos amis !

– Je sors, annonça soudain Jaroslaw sur un ton qui ne permettait aucune contestation.

Et il déserta. L'univers ouaté de cet hôtel, ce luxe décourageant, la présence d'Abigail, de son ventre et de son chien... tout ça l'étouffait. Il avait besoin d'air, de musique, de brouhaha et de l'odeur forte, étourdissante, des bordels et des salles de jeux.

Chapitre 32

Jaroslaw ne dormit pas à l'hôtel cette nuit-là.

Il ne revint pas non plus le lendemain.

Et, lorsqu'il se décida à rentrer au milieu de la nuit suivante, il trouva Bella Rossa tétanisée d'angoisse au chevet de Lom'Pa. Son état s'était aggravé. Il avait de la fièvre, les yeux rouges, la peau cireuse. Son corps dégageait une sueur fétide qui donnait des nausées à Abby.

– Enfin ! s'écria Bella Rossa avec plus de soulagement que de colère. Où qu't'étais passé ? Regarde-le ! Il va d'plus en plus mal !

– Personne ne veut jamais m'écouter, répondit calmement Jaro. Chaque fois que j'ouvre la bouche, c'est pour me faire rabrouer. Je ne dirai plus rien.

Bella Rossa se campa sous son nez :

– T'es ivre à rouler par terre ! D'où qu'tu sors ? Ça fait deux jours qu'j'suis là à m'ronger les sangs !

– C'est gentil, répondit-il avec une nuance d'ironie. Je ne pensais pas que tu tenais tant à moi !

Dans un coin de la chambre, Bichon se mit à grogner et à aboyer aigu.

– Tiens, il est encore là, ce méchant corniaud ? s'étonna Jaro en titubant jusqu'au lit.

– Il n'est pas méchant ! s'insurgea Abigail. C'est vous qui êtes méchant, monsieur Jaro ! Vous nous abandonnez avec un mourant !

Bella Rossa se précipita vers lui et l'agrippa par le revers de son veston pour le secouer :

– Te couche pas, c'est pas l'moment ! Faut m'aider à transporter mon vieux à l'hôpital.

– Je suis si fatigué, bâilla Jaroslaw, la tête sur l'oreiller. Je voudrais bien dormir un peu. Ça me ferait oublier mes désagréments et les cent cinquante dollars que j'ai perdus.

Les joues de Bella Rossa s'empourprèrent. Pendant ces deux jours, il avait bu, il avait joué, et par-dessus le marché il avait perdu ! Elle se retint de lui envoyer une gifle.

– Imbécile ! Lève-toi tout d'suite et viens m'aider !

– C'est trop facile..., rigola bêtement Jaro. Tu me prends, tu me jettes. C'est selon les besoins de Madame. J'en ai assez, de me tenir à ta disposition et d'essuyer tes sautes d'humeur, Bella Rossa !

– J'croyais qu'tu m'avais offert « ton âme » le jour où j'me suis réveillée sous la tente, répliqua-t-elle. Faudrait savoir !

Elle tremblait de fureur. Avec ses cheveux en bataille, sa robe chiffonnée et ses yeux enflammés par l'inquiétude, elle était belle comme une déesse. Jaro, en la regardant, en eut encore une fois le cœur transpercé. Il se leva du lit, chancelant.

– Un baiser, marchanda-t-il. Un baiser, et je t'aide à porter Lom'Pa.

C'était odieux. Bella Rossa lui aurait craché à la figure de dégoût, mais elle respira un bon coup, offrit ses lèvres et se laissa embrasser en ravalant toute fierté.

– Depuis combien de temps je ne t'ai pas touchée ? chuchota Jaro en caressant ses cheveux rouges. Comment veux-tu être heureuse, Bella Rossa ? Tu mets tellement de barrières entre toi et l'amour.

Il disait n'importe quoi. Il était soûl comme une barrique. Et malheureux.

Sans rien dire, Bella Rossa se dégagea, s'essuya les lèvres avec sa paume. Ensemble, ils soulevèrent le vieux paralytique et, cahin-caha, ils le transportèrent dans la nuit, avec Abby et son petit chien qui trottaient à côté d'eux, jusqu'à l'hôpital.

L'infirmière de nuit, une grande femme taciturne que tout le monde appelait « Mademoiselle », fit installer Lom'Pa sur un brancard, au fond d'une vaste salle qui empestait l'éther et la maladie. Des dizaines d'autres, des vieillards, des blessés, des souffreteux, se tortillaient sur leurs lits numérotés. Il y en avait partout, avec leurs visages tourmentés qui grimaçaient dans le halo sinistre des lampes à huile. En découvrant ce spectacle désolant, Bella Rossa se sentit faiblir. Elle eut l'impression d'avoir jeté Lom'Pa au cimetière.

– Y supportera pas, murmura-t-elle.

Elle se tourna vers Jaroslaw.

– On peut pas l'mett' là. Y va en crever.

L'air frais de la nuit avait fait du bien à Jaro. Les effets de l'alcool se dissolvaient lentement, lui libérant un peu l'esprit. Il posa sa main unique sur la joue de Bella Rossa, le plus délicatement possible.

– Il crèvera si tu le gardes à l'hôtel, dit-il. Viens, maintenant. Tu tombes de sommeil.

Mais elle rechigna à s'en aller. Elle retourna auprès de Mademoiselle pour s'assurer que tout serait fait pour sauver Lom'Pa et elle lui proposa même quelques billets, que l'infirmière empocha sans s'émouvoir.

– Vous m'le jurez, hein ? insista Bella Rossa. Dès qu'le doc arrive, y s'occupe de mon vieux ?

– Oui, oui, c'est promis.

Enfin, Jaro eut gain de cause, et Bella Rossa, déchirée par l'angoisse et les remords, quitta l'hôpital. Ils rejoignirent Abby, qui était restée dans la rue, effrayée à l'idée d'attraper une infection.

– Ce n'est pas un endroit convenable pour nous, hein, mon Bichon ? répétait-elle en caressant la petite bête. Jamais nous ne mettrons les pieds dans un endroit si affreux.

Bella Rossa était accablée. Jaro dut la soutenir tout au long du chemin pour rentrer à l'hôtel.

– C'est la première fois d'ma vie que j'le laisse, disait-elle. Il m'en a fait voir, ce saligaud, mais j'devrais pas l'abandonner comme ça.

Jaroslaw l'aidait de son mieux, sans faire de commentaire. Il devinait ce que ressentait Bella Rossa ; cette peur tenace de se retrouver seule dans l'existence, sans rien pour s'attacher au sol, comme une plante sortie de son pot. Il connaissait ça, lui aussi. Le désastre qui suit le deuil, le gouffre dans lequel on est précipité, comme si la vie n'était plus rien qu'une longue chute, une dégringolade dans le néant. S'il ne l'avait pas rencontrée, elle, cette fille terriblement rousse et vivante, il aurait continué à errer sur les champs de bataille, jusqu'à ce qu'une balle bien placée lui arrache autre chose que le bras : le cœur, par exemple.

Mais, depuis qu'il avait croisé le regard de Bella Rossa, il n'avait plus envie de mourir.

Il lui offrit son épaule. Il la laissa marcher contre lui à petits pas brisés. Et, lorsqu'ils arrivèrent à l'hôtel, Jaro était sûr d'une chose : il resterait toujours avec elle, quoi qu'il arrive. Car, malgré les risques qu'il prenait sans cesse à se soûler, à jouer, à séduire n'importe qui, il aimait Bella Rossa au-delà de tout.

Chapitre 33

Le lendemain, après une nuit d'un sommeil épuisant, Bella Rossa se précipita à l'hôpital. Seule.

Elle trouva Lom'Pa derrière un paravent, allongé dans le lit numéro 34. Ses draps étaient propres, quelqu'un lui avait nettoyé la figure, et il dormait, la bouche entrouverte, l'air assez paisible.

Elle posa une fesse au bord du matelas et contempla ce vieux bonhomme. Elle trouvait étrange de le voir comme ça, silencieux, maigre, immobile. Elle l'avait connu debout, travailleur, le front tanné par le soleil, et la langue bien pendue. Elle l'avait vu semer le maïs, couper le bois, traire les vaches et réparer le toit de la ferme. Elle l'avait entendu chanter, beugler et rouspéter après la Terre entière. Maintenant, non. Il se taisait. Il n'avait plus de force.

– Hé, Lom'Pa, appela-t-elle doucement. C'est moi.

Le vieux ne broncha pas. Il devait dormir loin, très loin, dans des contrées bizarres de la conscience. Elle effleura ses mains tavelées et sèches. Elle les trouva chaudes.

À cet instant, une infirmière repoussa le paravent. C'était une femme brune, pleine de rondeurs, avec des yeux noisette qui inspiraient confiance. Elle sourit en voyant Bella Rossa :

– Vous êtes de sa famille ?

– Sûr ! J'suis sa fille. Comment est-ce qu'y va ?

L'infirmière consulta une fiche accrochée au pied du lit. Elle dodelina de la tête :

– La fièvre semble avoir baissé, mais...

Elle délaissa la fiche pour s'approcher de Lom'Pa, se pencha, examina ses yeux, lui inspecta la bouche.

– Il doit rester ici un moment, expliqua-t-elle. À son âge, les maladies sont plus longues à soigner. Ne vous en faites pas, je veillerai sur lui.

Bella Rossa se leva. La robe verte qu'elle portait ce jour-là faisait une sorte d'oasis exubérant dans le désert blanc des linges de l'hôpital.

– C'est quoi, comme genre de maladie ? C'est à cause d'ses jambes ?

– Oh non, je ne pense pas, sourit l'infirmière. C'est plutôt un problème d'organes.

Bella Rossa fit la grimace. Elle ne connaissait

rien à tout ça, mais ce mot, « organe », lui déplaisait beaucoup :

– Faut m'le retaper, mon vieux, hein ! J'paierai tout c'qui faut.

Elle tira quelques billets de son corsage et les tendit à l'infirmière. Celle-ci refusa gentiment, expliquant qu'elle appartenait à une congrégation religieuse, les Sœurs de la Bonté, et qu'elle exerçait son devoir auprès des malades sans se soucier d'argent.

– Mais si vous le désirez, ajouta-t-elle, vous pouvez aider notre communauté en vous joignant à nous.

Bella Rossa secoua sa tignasse.

– J'y tiens pas trop, s'excusa-t-elle. La seule fois où j'ai eu à faire avec la r'ligion, j'ai eu mal au ventre. Tout c'que j'veux, c'est qu'on m'retape mon vieux, c'est d'accord ?

L'infirmière hocha la tête, et Bella Rossa quitta la salle en promettant de revenir le lendemain.

Avec tous ces tracas, elle n'avait pas vendu un seul pantalon à fermeture glissante depuis des jours. Certes, l'argent ne manquait plus, mais elle éprouvait le besoin de travailler, de prendre la carriole, de s'occuper l'esprit et les bras pour, peut-être, se sentir davantage vivante.

À l'hôtel, elle trouva Abby au fond de son lit, lovée contre Bichon.

– Sors de là, lui dit-elle. On a un stock de trois caisses à écouler aujourd'hui ! Faut qu'on en mette un coup !

La petite se mit à geindre :

– Je suis trop lasse pour bouger. De toute façon, monsieur Jaro est parti avec la carriole. Il a dit que vous aviez d'autres soucis et qu'il se chargeait de liquider la marchandise.

Bella Rossa marqua un temps de surprise, puis elle réfléchit que Jaroslaw s'était peut-être senti coupable d'avoir passé deux nuits à jouer et qu'il voulait sans doute se faire pardonner.

Elle regarda Abby, son visage d'ange un peu bouffi, ses traits tirés et sa blondeur d'enfant.

– Je le sens bouger, vous savez ? murmura la gamine. Il tape avec ses pieds. Vous vous rendez compte ? Il y a quelque chose de vivant dans mon ventre ! Je trouve que c'est dégoûtant ! Heureusement que Bichon est là. Sans lui, j'aurais trop peur.

Abby lâcha quelques sanglots, et Bella Rossa poussa un soupir. Dans peu de temps, le bébé arriverait, et elle ne savait toujours pas ce qu'il faudrait décider. Comme d'habitude, un problème en chassait un autre.

Elle laissa Abby se reposer et sortit avec l'intention de retrouver Jaro. Tout de même, ça la chiffonnait un peu qu'il soit parti seul avec la carriole.

Elle se rendit à l'écurie où le cheval l'attendait, et caressa son encolure d'une main mélancolique. Cette bête l'avait accompagnée partout depuis Maussad-Vallée, discrète et obstinée. Elle avait eu faim et froid, elle s'était tordue les sabots sur la rocaille. Cent fois, elle aurait pu partir ; mais non. C'était vraiment un drôle de cheval.

Elle grimpa sur son dos et partit au hasard vers le port, se frayant un passage entre les calèches et les diligences qui encombraient les avenues.

Rich City grossissait et entrait chaque jour un peu plus dans une modernité excitante et cosmopolite. Des Chinois s'activaient dans la vapeur étouffante des blanchisseries, des épiciers italiens affichaient des promotions à leurs devantures, des ouvriers irlandais bâtissaient sans relâche des écoles et des églises, des messieurs en hauts-de-forme tapaient du pied devant les bureaux d'assurances et des joueurs de dés tentaient d'arnaquer les gogos à tous les coins de rues.

Parmi cette foule hétéroclite, Bella Rossa remarqua plusieurs hommes qui portaient un pantalon en grosse toile et à fermeture glissante. Elle sourit d'aise. Comme le répétait souvent Magnus Peterson, son invention convenait à ces temps nouveaux, avides de progrès, de vitesse et de confort. Et il concluait, en baissant la tête : « Moi, je ne suis avide que de vous. »

Bella Rossa était troublée par le désir de l'industriel. Pour une fois, elle se sentait flattée de plaire à un homme dans son genre, un citadin, un rupin. Mais, en toute honnêteté, elle se délectait surtout de voir Jaro lui faire un peu la tête chaque fois qu'elle s'en allait dîner avec le Viking, comme il l'avait surnommé. Un regard, un sursaut, un étranglement de la voix ou une pâleur subite trahissait la jalousie de Jaroslaw. Bella Rossa savourait sans vergogne cette petite revanche.

Pourtant, elle le savait, elle ne pourrait pas s'amuser très longtemps avec ces sentiments sans se brûler les doigts. Il faudrait, un jour prochain, qu'elle choisisse entre Magnus et Jaro. Or, son choix était fait. Depuis longtemps. Malheureusement.

Elle arpenta les avenues en marge du port, dans un sens, dans l'autre, sans apercevoir la carriole. Elle remonta vers le quartier chilien, le traversa, déboucha dans la partie chinoise de Rich City, puis revint sur ses pas, bredouille. Pas de carriole, pas de Jaroslaw. Elle avait interrogé les passants : nul n'avait vu la fameuse bâche « Bella et Cie ». Alors, un peu découragée, elle se décida à chercher dans le quartier des tavernes et des tripots.

C'est là, bien sûr, qu'elle dénicha Jaroslaw.

Il était assis devant une table, au fond d'une salle de jeu. Il avait bu. Il avait cinq cartes dans la main gauche, avec un misérable brelan pour toute fortune.

Quant au reste, c'est-à-dire les trois caisses de marchandise et les deux vaches qui tiraient la carriole, c'était misé et déjà perdu.

Quand Bella Rossa apparut, majestueuse et verte, dans l'atmosphère sombre et enfumée du tripot, quelqu'un la siffla. Elle sursauta, puis lança au hasard un regard méchant. Aussitôt, le sifflement mourut dans la gorge du siffleur. Les autres hommes se contentèrent d'ouvrir des yeux larges comme des soucoupes en devinant les deux monuments de sa poitrine : de mémoire de poker, on n'avait jamais vu une paire pareille.

Sans un mot, Bella Rossa empoigna Jaro par le col de sa veste.

– Hé... j'ai perdu, c'est vrai ! protesta-t-il. Mais que veux-tu, j'ai plus la main, moi !

Et il éclata d'un rire imbécile qui rendit Bella Rossa folle de rage. Autour de la table enfumée, les trois sales types qui faisaient office de partenaires, se gondolèrent : « Quel rigolo, ce manchot ! » Bella Rossa voyait leurs yeux luisants, leur appétit de détrousseurs et les canons de leurs revolvers qui pointaient sous leurs gilets à franges.

Elle souleva Jaroslaw. Sa chaise tomba dans la sciure qui couvrait le sol.

– Attends ! rouspéta-t-il. Faut que je récupère au moins les vaches ! J'ai du jeu ! Tu vas voir, le vent va tourner !

Elle le traîna vers la sortie du tripot, mâchoires serrées, avec une envie de lui fracasser la tête contre les vitres, tant elle le détestait. Pendant ce temps, au fond de la salle enfumée, les joueurs se frappaient les cuisses : de mémoire de poker, on n'avait jamais vu un homme se faire malmener de cette façon par sa bonne femme !

Elle conduisit Jaro devant l'abreuvoir des chevaux. D'une main décidée, elle lui enfonça la tête dans l'eau, jusqu'à ce qu'il batte l'air de son bras valide.

Elle le laissa respirer. Il roula par terre, à moitié asphyxié, émit quelques hoquets pitoyables, puis il tourna vers elle sa figure d'ange déchu :

– Fais-moi mourir ! supplia-t-il. Je ne mérite que ça !

– Ça t'arrangerait trop, d'crever ! Tu mérites pire que d'êt'noyé dans c't'abreuvoir !

– Laisse-moi refaire une partie, alors ! On peut pas leur laisser les vaches ! Avec quoi on ira vendre...

– Y a plus rien à vendre, maint'nant ! le coupa Bella Rossa.

– Mais..., bredouilla-t-il en se redressant, dégoulinant et lamentable, mais... les autres commandes ? Il faudra bien...

Bella Rossa le secoua comme un prunier. Elle voulait lui faire mal, tellement il lui faisait mal. Mais, au lieu de l'insulter, de le détruire, de l'anéantir, elle fondit en larmes :

– J'suis fatiguée ! Tu m'entends, Jaro ? J'en peux plus de t'voir comme ça ! Faut qu't'arrêtes ! Faut qu'tu m'aides...

Elle s'abattit contre sa poitrine, sans force, répétant inlassablement qu'il devait arrêter, qu'il devait l'aider, qu'elle n'en pouvait plus. Ça faisait un sacré spectacle. Les badauds se regroupaient, les joueurs de poker sortaient de leur trou ; mais la Terre entière aurait pu se rassembler, Bella Rossa s'en fichait. Elle pleurait, pleurait, pleurait. Toutes les larmes qu'elle n'avait jamais pu pleurer, elle les pleurait là, sur l'épaule de Jaroslaw.

Lui, dégrisé, la figure trempée, se souvint brusquement de la promesse qu'il s'était faite à lui-même, la veille, en quittant l'hôpital : de rester avec elle, toujours, quoi qu'il arrive. Et il se demanda en paniquant par quel sortilège il avait rompu ce pacte. Quel démon le poussait sans cesse à revenir boire et jouer ? Quel impulsion désespérée le guidait ainsi, loin de son amour ? Il avait l'impression de ne pas être lui-même, et d'être le jouet d'une force qui le dépassait.

Il la serra fort contre lui, désirant plus que tout au monde trouver enfin le moyen de consoler les chagrins de Bella Rossa.

Il se pencha vers son oreille et murmura :

– Par pitié. Laisse-moi t'aimer.

Chapitre 34

Ils retournèrent à l'hôtel, tous les deux serrés sur le cheval. C'en était terminé, de la carriole et des vaches. C'en était fini aussi, des caisses pleines de pantalons à fermetures glissantes. Leur destinée s'était brutalement scellée sur cette table de poker.

– J'en avais marre, de toute façon, répétait Bella Rossa, le nez enfoui dans le cou de Jaroslaw. Marre d'trimbaler c'te quincaillerie depuis Maussad-Vallée. Marre de c'te pauv'carriole rafistolée ! On peut quand même pas faire les colporteurs toute not'vie, non ? Et pis, on n'a plus b'soin, puisqu'on est riches.

Elle souriait entre deux sanglots et, bizarrement, elle se sentait soulagée. Jaro venait de l'obliger à déposer son fardeau ; elle se trouvait libre d'un seul coup. Et légère ! Son dilemme au sujet de Magnus Peterson, par exemple, était résolu : dorénavant, elle n'aurait plus de contrats à signer chez lui ; du coup, elle ne serait plus forcée d'accepter ses invitations à dîner. Les choses paraissaient beaucoup plus simples.

Cependant, lorsqu'ils arrivèrent, fourbus, dans le corridor menant à leur chambre, ils entendirent des hurlements suivis de jappements aigus, et les choses se compliquèrent de nouveau.

– Abby ! s'écria Bella Rossa en ouvrant la porte à la volée.

La pauvre gamine se cambrait de douleur sur le lit. Les couvertures s'étaient effondrées par terre, les draps avec, et, recroquevillé près de la fenêtre, Bichon aboyait de terreur.

– Je vais mourir ! hurlait-elle en s'attrapant le ventre comme pour se l'arracher.

Jaroslaw manqua de prendre ses jambes à son cou ; il avait tant redouté ce moment ! Mais, pour l'amour de Bella Rossa, il surmonta cette tentation et pénétra derrière elle dans la chambre.

Il vit le visage rouge, convulsé, d'Abigail. Il vit ses mains crispées sur le lit. La sueur qui inondait ses membres. Il vit sa solitude éperdue, et il regarda pour la première fois le gros ventre dans lequel se débattait... son enfant.

– Jaro ! souffla Bella Rossa. J'ai peur qu'ça s'passe pas comme y faut... Cours à l'hôpital et d'mande à l'infirmière qui s'occupe de Lom'Pa de v'nir nous aider ! Vite !

– Celle qui s'appelle « Mademoiselle » ?

– Non, l'autre ! Tu la r'connaîtras : c'est la seule qu'est douce et gentille.

Il détala de la chambre, dégringola dans le hall, le traversa dans un souffle, retrouva le cheval, sauta en selle et fila vers l'hôpital.

Vif comme le vent.

Avec une boule d'angoisse au fond de la gorge.

Avec ses souvenirs qui tressautaient dans sa caboche : les souvenirs de sa vie passée et des trois naissances de ses trois petits. Les douleurs de Wanda. Son visage tout rouge.

Jacek.

Dorota.

Lorenz.

Trois petits cœurs battants, trois miracles.

La vie douloureuse et splendide qui prend racine, le temps d'un cri, dans leurs faibles poitrines.

Leurs bouches rondes sur le sein de Wanda.

Et puis, leurs petites mains dans la sienne quand parfois ils se promenaient ensemble.

Leurs grands yeux d'enfants affamés.

Leurs grands yeux d'enfants rassasiés.

Leurs joues douces. Leurs voix claires. Leurs petits corps roulés en boule sur le même matelas, leurs souffles légers. Leurs minuscules dents blanches perçant leurs gencives. Leurs fièvres, leurs poux. Leur façon de dire « Papa » lorsqu'il rentrait, le matin, éreinté.

Tout ça, mort.

Avec un trou.

Dans la tête.

Plus de petits petons ni de mains malhabiles et chaudes à serrer. Plus de rires, ni de pleurs. Le vide.

Le néant.

Il s'arrêta devant la façade de l'hôpital.

Les larmes avaient embué ses yeux, inondé ses pommettes, noyé sa barbe, raviné son cou et détrempé le col de sa veste. Il aurait plu, ç'aurait été pareil. Ces larmes, c'était une pluie d'orage qui venait d'éclater à l'intérieur de Jaroslaw.

Il sauta à terre, avec des jambes en coton qui le portaient à peine. Il entra, passa des portes, des couloirs, entendit des bruits, des appels, et, lorsqu'il vit l'infirmière dans la salle aux odeurs d'éther, lorsqu'il vit ses yeux, il sut tout de suite que c'était elle : la gentille.

– Venez, s'il vous plaît.

Dit-il.

Sa voix était comme un écho sourd, quelque chose de lointain qui avait séjourné longtemps dans les profondeurs de son âme et qui, brusquement, remontait au grand jour.

– C'est un bébé.

Mon bébé. Dit-il.

Ou bien, il crut le dire. De toute façon, l'infirmière était déjà en train de le suivre.

Des détresses comme ça, elle en avait connu. Elle les repérait aussitôt. Depuis des années, elle vivait pour répondre aux appels de ce genre. C'était sa manière d'oublier ses propres malheurs.

Elle grimpa derrière Jaroslaw sur le cheval et se laissa emporter.

* * *

Cette nuit-là, Abigail Stampton, malgré la terreur absolue dans laquelle elle se débattait, mit au monde une fille. Et, contrairement à ce qu'elle avait redouté, elle n'en mourut pas.

– Cette petite est faite pour enfanter, commenta même l'infirmière lorsqu'elle permit à Jaro et à Bella Rossa d'entrer dans la chambre. Regardez-moi son visage : une vraie rose !

Abby reposait sur l'oreiller, avec ses yeux battus et son air aérien.

– Ça y est, murmura-t-elle. C'est fini.

L'infirmière tenait le bébé dans ses bras. C'était une minuscule forme enroulée dans des langes, qui chouinait comme une souris.

– Une magnifique enfant, annonça l'infirmière en se tournant vers Jaroslaw. Félicitations !

Elle lui tendit le bébé, mais Jaro eut un mouvement de recul.

– Donnez-la-moi, proposa Bella Rossa en ouvrant les bras.

Elle prit le paquet de langes contre elle, là, au creux de son énorme poitrine, qui fit aussitôt un nid pour l'enfant. Bella Rossa en resta muette. Ce petit être palpitait doucement, comme un feu qui couve dans une cheminée. C'était chaud, vivant, bouleversant. Elle était irradiée.

– Alors ? Comment allez-vous la nommer ? demanda l'infirmière à Abby.

Celle-ci eut une moue hésitante :

– Même si je ne veux pas la garder, j'ai le droit de lui donner un nom ?

L'infirmière ôta sa coiffe blanche et fronça les sourcils :

– Vous ne la garderez pas ? Mais... enfin... je ne comprends pas. Vous êtes en bonne santé, le père est là... Vous semblez vivre dans l'aisance...

– Et alors ? se renfrogna Abby. Je n'en veux pas, moi, de ce bébé ! Je n'ai rien demandé à personne.

– Ce bébé n'a rien demandé non plus ! s'emporta brusquement l'infirmière. Vous n'avez pas le droit de l'abando...

Elle se mordit aussitôt les lèvres et ravala sa colère :

– Pardonnez-moi. Cela ne me concerne pas. C'est seulement à cause de ma vie personnelle, vous n'y êtes pour rien.

Un silence lourd s'abattit sur la chambre. Bella Rossa était une fois encore au bord des larmes. Elle observa Jaro : perdu dans une tourmente de sentiments, il s'était assis dans un coin de la pièce et n'en bougeait plus. Abby, épuisée, fermait les yeux, très pâle sur l'oreiller, tandis que Bichon lui léchait les mains.

– Moi, j'vais m'en occuper de c't'enfant, déclara subitement Bella Rossa.

Ces mots étaient sortis tous seuls, spontanément, comme une évidence. L'infirmière lui jeta un regard plein de reconnaissance. Alors qu'elle quittait la chambre, elle lui glissa :

– Revenez me voir demain. Votre père a ouvert les yeux.

Bella Rossa eut un nouveau coup au cœur. Elle sourit avec lassitude et, lorsqu'elle referma la porte, elle se fit la réflexion que les bonheurs, tout comme les calamités, avaient une fâcheuse tendance à lui tomber dessus en rafales. Tout cela était véritablement assommant.

Chapitre 35

La matinée était déjà bien avancée quand Bella Rossa arriva à l'hôpital. Tout au long de la nuit, son anxiété au sujet du bébé l'avait empêchée de fermer l'œil. Aussi, craignant d'offrir une trop mauvaise mine à Lom'Pa, elle avait pris soin d'emporter dans son sac à main son petit miroir, son peigne et un bâton de rouge à lèvres.

Avant de pénétrer dans la salle des malades, elle s'adossa contre un mur et entreprit de se rectifier la figure. Elle se pinça les joues, arrangea ses mèches folles, rendit à sa bouche un peu de vie. Enfin, le miroir de Romualdo Barbieri lui renvoya un reflet acceptable. Elle se força à sourire, puis se dirigea d'un pas décidé vers le lit numéro 34.

Elle repoussa le paravent.

Derrière, elle découvrit l'infirmière à genoux devant Lom'Pa, comme en prière. Pourtant, le vieux paralytique avait les yeux ouverts et, lorsqu'il vit Bella Rossa, il émit un son rauque.

– Bon, soupira Bella Rossa avec une joie non dissimulée, j'vois qu't'as fini d'roupiller, vieux tire-au-flanc !

L'infirmière sursauta, se leva d'un bond et fixa Bella Rossa comme si elle ne l'avait jamais vue.

– J'voulais pas vous déranger, s'excusa cette dernière. Vous pouvez continuer vot'prêchi-prêcha, ça m'dérange pas. En tout cas, j'vous dois une fière chandelle. Et même deux ! Un vieux et un bébé en vie : j'me d'mande si j'vais pas r'joindre vot'congrégation !

C'était curieux : l'infirmière semblait pétrifiée. Elle restait là, immobile, les mains nouées, le regard troublé par une émotion immense. Et, à côté d'elle, Lom'Pa affichait lui aussi une étrange trombine.

– Ben quoi ? finit par s'inquiéter Bella Rossa. C'est mon rouge qu'est mal étalé ?

L'infirmière et Lom'Pa secouèrent la tête en même temps. Lom'Pa voulut dire quelque chose, mais sa voix ne franchit pas le cap de ses lèvres. Il se tourna, implorant, vers l'infirmière. Celle-ci, plus blanche que sa coiffe, n'arrivait pas à décoller ses yeux de Bella Rossa.

– Y a un problème, j'le vois bien ! Dites-moi c'qui va pas, nom d'un chien galeux !

Enfin, l'infirmière trouva la force de parler.

– Ici, dit-elle d'une voix à peine audible, les malades n'ont pas de nom. Nous leur donnons des numéros. Ainsi, votre père... jusqu'à ce matin... n'était que le numéro 34.

Bella Rossa écoutait sans comprendre. Elle poussa un soupir impatient.

– Hier, quand il a ouvert les yeux, reprit l'infirmière, il m'a seulement aperçue. La nuit, c'est Mademoiselle qui est de garde... Mais ce matin, oh, mon Dieu !

Des larmes glissèrent sur ses joues, et elle dut presser ses mains sur sa poitrine pour reprendre sa respiration.

– Ce matin, votre père m'a reconnue ! s'exclama-t-elle entre deux sanglots. Et dire que moi... je n'en n'ai pas été capable. C'est affreux ! Il a tellement changé ! Ses jambes... son visage...

Lom'Pa hochait la tête en gémissant. Bella Rossa se sentait gagnée par la nervosité. Elle entrevoyait des choses, elle devinait, mais ce n'était pas clair. Elle avait l'esprit tout embrouillé.

– Qui vous êtes ? finit-elle par demander.

L'infirmière se calma. Elle s'essuya les yeux dans ses paumes :

– Cela fait plus de quinze ans que je suis partie, Rossalina. Nous sommes... des étrangères, toi et moi.

Rossalina ! Personne ne l'avait plus appelée par ce prénom depuis si longtemps... Cette fois, Bella Rossa n'eut plus de doute. Son sang reflua brutalement de son cœur et, sous le choc, elle vacilla. Cette femme brune, si ronde et en qui elle avait eu confiance au premier regard, cette femme était Ornella Bonini. Sa mère.

Bella Rossa refusa de s'asseoir.

Elle demeura campée sur ses jambes, avec l'impression qu'un simple courant d'air aurait suffi à la terrasser.

Face à elle, Ornella Bonini continuait de pleurer. Sur son visage rond, des sentiments violents explosaient en désordre : la joie, la douleur, la stupeur et le soulagement, une forme de détresse mêlée à du bonheur qui faisait mal.

– Comment qu..., articula péniblement Bella Rossa.

Elle n'alla pas plus loin, ne sachant déjà plus quelle question elle voulait poser. « Comment qu'tu m'trouves ? Comment qu't'as fait pour vivre quinze ans sans savoir si j'étais morte ou vivante ? Comment qu'tu vas ? », voilà sans doute ce que Bella Rossa aurait aimé demander, et bien d'autres choses encore. Des choses qui n'avaient pas de mots.

Elle s'avança vers Ornella. Malgré l'intense émotion qui lui serrait la gorge, lui opprimait le crâne et lui vrillait la poitrine, elle se jura de ne pas tomber dans les pommes. Car, bon sang, ce n'était pas du tout son genre, d'avoir des faiblesses ! Certes, elle avait cherché sa mère durant des mois et des mois, elle avait escaladé des montagnes froides et rocheuses, elle avait lutté contre la faim, la douleur, l'hypocrisie, elle avait franchi des pays plats et cruels, pour la retrouver... mais ce n'était pas une raison pour faire sa chochotte.

Elle posa une main sur le bras gauche de l'infirmière, cherchant à s'assurer que cette femme toute blanche, presque fantomatique, était bien réelle.

– J'croyais pas qu'on s'retrouverait, parvint-elle à dire en respirant vite et en se cramponnant à sa décision de ne pas tourner de l'œil.

– J'ai cru mourir de chagrin lorsque je t'ai laissée, répondit simplement Ornella.

– Je sais, murmura Bella Rossa. J'ai rencontré le *medicine man* qui t'a soignée dans le pays des Hommes Rouges.

Bella Rossa voulut encore faire un pas vers sa mère, mais ses jambes flanchèrent. Molle comme une chiffe, elle s'effondra, et son sac à main heurta le sol dans un bruit de verre brisé.

Lorsqu'elle se releva un peu plus tard, elle constata que le petit miroir de Romualdo Barbieri était en mille morceaux. Elle ne voulut y voir aucune superstition.

Et pourtant.

Chapitre 36

Désormais, Bella Rossa ne possédait plus ni vache, ni casserole, ni pantalons à fermetures glissantes, ni même le miroir du colporteur.

En revanche, elle avait sur les bras un père malade, une mère en larmes, un amant douloureux, une jeune fille de bonne famille épuisée, un Bichon et un bébé.

Quant à la fortune, cette montagne de billets froissés qu'elle avait déposée dans la banque suisse de Rich Hill, elle *croyait* la posséder. Mais il n'en n'était pas tout à fait ainsi.

Depuis plusieurs jours, Magnus Peterson cherchait Bella Rossa. Il avait envie de la voir, de lui parler, de lui embrasser le cou. Il avait envie de l'inviter à dîner dans un de ces restaurants français avec vue sur l'Océan, d'entendre son rire, de lui prendre la main. En fait, il en avait assez de tourner autour du pot : il voulait lui demander de l'épouser.

En passant dans le quartier des tavernes et des tripots, il avisa la carriole couverte de sa fameuse bâche, reconnaissable entre toutes, « Bella et Cie, système révolutionnaire pour vos braguettes ».

Il entra dans l'établissement enfumé et, comme il n'y trouva pas la femme de ses pensées, il questionna les joueurs de poker.

La description qu'il leur fit déclencha de gros rires. La femme toute verte, avec des cheveux rouges et des seins comme des bonbonnes à whisky ? Bien sûr qu'on l'avait vue ! Et de près ! On ne risquait pas d'oublier une paire de lolos pareils !

Les joueurs de poker lui racontèrent en s'esclaffant comment elle avait sorti son homme du tripot, comment elle avait manqué de le noyer dans l'abreuvoir des chevaux et comment, ensuite, elle était tombée dans ses bras.

– Dans *son* bras ! rectifia un grand moustachu hilare.

– Ouais ! Ce manchot, on l'a bien plumé ! Mais il a pas tout perdu : avoir une femme de cette trempe à la maison, c'est de la veine ! commenta un gars en bretelles.

– Sûr ! ajouta un autre en écrasant son cigare. En attendant, je me demande ce que je vais faire de deux vaches et d'une cargaison de pantalons !

Les rires redoublèrent. Magnus n'en demanda pas davantage. Il quitta la salle, furieux, rongé par une jalousie tenace. Comment Bella Rossa pouvait-elle aimer à ce point un homme infirme, qui buvait, qui dilapidait l'argent sur un coin de table et qui perdait au jeu ce qu'elle avait si patiemment amassé ? C'était à se cogner la tête contre les murs !

Il retourna à la manufacture, morose, et surprit son associé derrière son bureau, le nez plongé dans les registres de comptes. Comme il n'avait personne à qui parler, Peterson raconta tout à Dodge.

– Hum..., fit ce dernier. Ça ne m'étonne qu'à moitié. Cette fille n'est pas fiable, je l'ai senti tout de suite.

– Elle est parfaite, tu veux dire ! protesta Peterson, le cœur gros.

– Une parfaite idiote, oui ! sourit Dodge. Mais tu tiens ta revanche, mon vieux. Regarde le contrat que je lui ai fait signer !

Il tendit à Magnus un des exemplaires, au bas duquel Bella Rossa avait tracé sa croix. Le cœur battant, Magnus lut les paragraphes, un à un, comprenant peu à peu le sens des paroles de Dodge.

– Mais... c'est totalement injuste ! murmura-t-il.

– Elle a signé, répondit Dodge. La loi, c'est la loi. Je me doutais qu'un jour ces fermetures à glissière auraient du succès. Elle a voulu nous étourdir de ses charmes, elle a voulu nous entourlouper pour qu'on lui fabrique ses pantalons à peu de frais, mais elle a trouvé plus fort qu'elle !

Robert Dodge referma son tiroir et croisa les pieds sur le plateau du bureau, l'air satisfait. Magnus Peterson, lui, était horrifié.

– Tu ne lui laisses rien ! Pas une chance de s'en sortir ! s'indigna-t-il. Pourquoi as-tu rectifié ces paragraphes ? Tu as bien vu qu'elle ne sait pas lire !

– Justement ! répliqua Dodge. Comment veux-tu qu'une femme inculte puisse exploiter cette invention ? Je n'allais tout de même pas lui en laisser la licence ! Maintenant que la fermeture à glissière est notre propriété, c'est plus simple. Nous pouvons développer l'idée, lui donner l'ampleur industrielle qu'elle mérite. Et en toute légalité !

Magnus frappa du poing sur le bureau :

– Tu aurais pu au moins lui laisser l'argent qu'elle a gagné jusqu'à présent !

– Allons, je ne suis pas un monstre ! J'ai tout prévu avec mon ami qui dirige la banque suisse où elle a déposé le magot : elle aura droit à un petit pourcentage. Elle pourra récupérer sa part dès qu'elle le souhaitera.

Magnus regarda son associé avec dégoût. D'après le contrat, Bella Rossa n'avait droit qu'à 3 % des sommes déjà engrangées, et plus rien sur la fortune que pourraient générer les futures ventes. Il avait envie d'étrangler Dodge.

Mais soudain ses yeux s'éclairèrent :

– Et si je l'épouse ?

Dodge se rembrunit :

– Tu as vraiment envie d'elle, alors ?

– Si je l'épouse, poursuivit Peterson avec exaltation, ce sera comme si elle épousait la manufacture ! Elle gardera son invention, grâce à moi ! Et son argent !

Il sauta sur ses pieds. Vue sous cet angle, l'arnaque de Dodge pouvait tourner à son avantage. Il devait absolument retrouver Bella Rossa. Elle ne savait pas lire, mais elle était loin d'être bête : elle comprendrait sans peine que ses arguments en faveur de leur mariage étaient imparables.

Il la chercha dans tous les hôtels de la ville.

Enfin, il retrouva sa trace dans le plus luxueux. Lorsqu'il pénétra dans la chambre, la cravate défaite, le front en sueur, la stupéfaction le statufia : Bella Rossa était bien là, mais contre sa faramineuse poitrine il y avait une petite chose emmaillotée et très inattendue.

Non loin d'elle, Jaroslaw était assis, l'air nonchalant, dans un fauteuil avec de gros accoudoirs.

– Tiens, un Viking..., remarqua-t-il calmement.

– Entrez, Magnus, chuchota Bella Rossa. Mais faites pas d'bruit. Elle dort.

Magnus, totalement troublé, referma la porte avec précaution, puis s'approcha.

– Qui est-ce ? s'inquiéta-t-il en désignant le nourrisson.

– On lui a pas encore donné d'nom, expliqua Bella Rossa, un sourire jusqu'aux oreilles. Justement, on est en train d'chercher.

– Daisy ? proposa Abigail depuis les profondeurs de son lit.

Magnus sursauta, surpris par la présence de la jeune fille. Combien étaient-ils là-dedans ? Ce n'était plus une chambre d'hôtel, mais un vrai campement !

– Je préfère Norma, répondit Jaro.

– Et Savannah ? murmura Bella Rossa. Ça lui irait bien.

– Dans ce cas, soupira Abby, je préfère Selma.

– Et pourquoi pas Ursula, tant qu'on y est ? rigola Jaro.

– Oh non, je sais ! s'exclama Abby. Je veux l'appeler Eden.

– Eden..., répéta Bella Rossa, pensive.

Elle caressa le menton de la petite :

– Vous en pensez quoi, Magnus ? Savannah ? Norma ? Eden ?

L'industriel cligna des yeux.

– Mais enfin..., bredouilla-t-il, à qui est-elle, cette enfant ?

– À moi, répondit Bella Rossa avec une fierté qui la rendit encore plus magnifique. J'l'ai pas portée dans mon ventre, c'est vrai. Mais j'la porte dans mes bras, c'est du pareil au même. Et pis, j'lui achèterai tout c'qu'elle voudra. Elle crèv'ra pas d'misère, c'est sûr !

Magnus sentit le sol se dérober sous ses pieds. C'était sans doute le pire moment, mais il devait parler. Il tâcha d'éviter le regard de Jaroslaw, qui le glaçait, et il se lança.

– Avec quel argent lui achèterez-vous tout ce qu'elle désirera ? demanda-t-il. Vous croyez qu'une fortune vous attend dans une banque suisse ? Vous croyez être à l'abri du besoin ? Je suis venu vous avertir : vous n'avez plus rien.

D'une voix plus ferme, il expliqua à Bella Rossa comment Dodge avait abusé de sa confiance et comploté dans son dos avec le directeur de la banque pour transférer l'argent sur le compte de la manufacture. Il lui parla sans détour, rapidement, avec ses yeux qui la dévoraient et son amour qui l'étouffait. Il ne lui laissa pas le temps de s'indigner, ni de s'écrouler. Il lui dit que la seule solution était de l'épouser. Lui. Magnus.

– Et si vous voulez garder cette petite fille, improvisa-t-il, eh bien, c'est d'accord. Nous deviendrons ses parents. Nous l'adopterons. Dans ce cas, pourquoi ne pas l'appeler Frida ? Frida Peterson ?

Le silence qui suivit fut si long et si parfait que Magnus eut l'impression d'être devenu sourd. Il sentit une goutte de sueur glacée descendre dans son dos. Personne ne bougeait, même le chien. C'était terrible.

Au bout d'un moment, Jaroslaw se leva de son fauteuil. Malgré son handicap, Magnus, en le voyant marcher, dut lui reconnaître une certaine prestance. Ses pommettes hautes, son air sombre, sa silhouette élancée lui donnaient un charme particulier et un peu triste. Il vint se placer derrière Bella Rossa, puis regarda Magnus droit dans les yeux. Sans rien dire.

Finalement, c'est Abby qui, du fond de son lit, rompit le silence.

– Moi, je n'aime pas du tout Frida, déclara-t-elle.

– Moi non plus, fit aussitôt Jaroslaw.

Magnus avala sa salive à grand-peine. L'atmosphère s'était encore alourdie. L'hostilité était si épaisse qu'on aurait pu voir un mur se dresser face à Peterson.

– Moi, annonça enfin Bella Rossa, j'aime pas qu'on m'fasse du chantage. J'épous'rai personne pour d'l'argent. Jamais.

Magnus reçut cette phrase comme une gifle. Sa tête tourna, son cœur se vrilla, tout son être lui fit mal. Il s'écria :

– Mais je vous aime !

On aurait dit que sa figure s'était déchirée quand il avait crié. On aurait dit qu'il allait tomber en miettes.

– Tout le monde aime Bella Rossa, intervint alors Jaro. Pourtant, elle ne peut pas épouser tout le monde.

C'est ainsi que les choses tournèrent.

Magnus Peterson sortit de l'hôtel, accablé, le cœur réduit à néant, plus misérable que la misère qu'il venait de prophétiser à Bella Rossa. Il s'engouffra dans les avenues de Rich City, espérant se faire renverser immédiatement par une diligence. On ne le revit plus.

Dans la chambre de l'hôtel, Bella Rossa, Jaro et Abby poussèrent beaucoup de soupirs devant l'étendue du désastre économique qui les attendait. Être pauvre est une habitude qui se perd facilement. Alors, pour conjurer le mauvais sort et forcer un peu le destin, ils se mirent d'accord sur un prénom. Ce bébé s'appellerait Chance.

Chapitre 37

Ils quittèrent l'hôtel en pleine nuit à pas de velours, sans payer la note. Abby marchait devant, un peu gauche, les mains accrochées à son ventre encore gros. Derrière elle, Jaro suait et soufflait sous la malle qui contenait les restes de leur richesse enfuie, tandis que Bella Rossa fermait la marche, chargée de Chance et de Bichon. C'était un fameux cortège.

Le cœur battant, ils atteignirent l'écurie, où ils récupérèrent le cheval. Puis, ayant sanglé la malle sur la selle, ils se mirent en route vers la congrégation des Sœurs de la Bonté, située dans le quartier sud de la ville. Quoi qu'il en coûtât à Bella Rossa, cet établissement religieux était devenu leur seule planche de salut. Ornella avait parlé à sa supérieure ; les choses étaient entendues.

Ce fut elle qui vint les accueillir, une lampe à la main, dans la cour de la congrégation.

– L'endroit que je vous ai trouvé est minuscule, expliqua-t-elle, mais vous serez toujours mieux que dehors.

Ils laissèrent le cheval dans la cour et suivirent Ornella dans les escaliers et les couloirs du bâtiment. Il y faisait frais et humide, des croix étaient suspendues aux murs, et Bella Rossa baissait la tête pour ne pas les voir : elle avait bien trop peur de se faire surprendre par une nouvelle hallucination ! Depuis son passage dans la maison de Garson, elle ne tenait plus à recevoir aucune Lumière.

– Voilà, murmura Ornella en ouvrant une porte du deuxième étage.

La cellule ne comptait qu'un lit, mais il y avait deux paillasses dépliées sur le sol, ainsi que des couvertures. La lune faisait une flaque laiteuse sur le plancher.

– Je vous laisse la lampe à huile, chuchota Ornella, mais gare aux incendies. Une partie du quartier a flambé la semaine passée.

Elle déposa l'objet sur un guéridon de guingois en ajoutant :

– Demain matin, avant de prendre mon service à l'hôpital, je m'arrangerai pour vous porter de quoi manger.

Bella Rossa la remercia.

– C'est Dieu qu'il faut remercier, répondit Ornella. C'est par sa volonté que nous nous sommes retrouvées, toi et moi. Il a écouté mes prières, et il me permet aujourd'hui de réparer ma faute.

– Quelle faute ? s'étonna Bella Rossa. Si t'avais pas été d'nature robuste, Lom'Pa te filait tell'ment d'torgnoles qu't'aurais dû en crever. J'ai jamais pensé qu'c'était une faute d'vouloir sauver sa peau.

Les yeux d'Ornella vibraient dans les lueurs de la lampe. Elle regardait sa fille, cette femme si belle, si rude, avec un étonnement proche de l'admiration. Elle se souvenait de la petite gamine rousse et sauvage qu'elle avait abandonnée autrefois. Pendant quinze ans, elle s'était rongé l'esprit en imaginant que, peut-être, elle était morte. C'était tout le contraire.

– C'est un miracle, sourit-elle avec des larmes dans la voix.

– Il en faut bien d'temps en temps, soupira Bella Rossa. Sans quoi, la vie s'rait qu'une fameuse cochonnerie.

Elle caressa la tête de la petite Chance, qui dormait au creux de sa poitrine. Ça aussi, c'était un miracle. Le plus beau, sans doute, que connaîtrait jamais Bella Rossa.

Avant de s'éclipser, Ornella s'approcha et les embrassa toutes les deux sur le front.

***

Ils demeurèrent chez les Sœurs de la Bonté pendant quelque temps. Abby reprenait des forces. Elle acceptait d'allaiter sa petite, avec un détachement presque indifférent. Elle ne s'occupait de rien d'autre. Dès qu'elle put mettre le nez dehors, ravie de porter de nouveau sa robe de jeune fille, elle employa le plus clair de son temps à traîner du côté des théâtres. Ses rêves d'artiste lui tenaient lieu de nourriture ; elle maigrissait, et embellissait chaque jour un peu plus.

Jaroslaw se sentait changé. La maladie de Lom'Pa, la naissance de Chance et la manière dont Bella Rossa investissait son rôle de mère, tout cela le rendait pensif.

Il s'était fait plusieurs serments à lui-même. Par exemple, il ne buvait plus qu'un seul jour par semaine, le dimanche. Et puis, il découvrit la meilleure des solutions pour ne plus jouer : il se fit embaucher comme croupier dans le plus grand casino de Rich City. Il passait des soirées entières aux tables de jeu, mais il recevait en échange un salaire. C'était modeste et honnête : cela faisait partie de son plan. Car Jaroslaw avait entamé, en silence et en toute discrétion, la lente reconquête de Bella Rossa.

Cette dernière partageait ses journées entre Chance et Lom'Pa. L'un et l'autre nécessitaient d'ailleurs les mêmes soins, les mêmes attentions : il fallait les nourrir, les laver, les réchauffer et leur parler.

Bella Rossa savait que Lom'Pa ne quitterait plus l'hôpital. La maladie de ses organes lui ôtait peu à peu l'énergie de vivre. Il ne parlait presque plus, dormait beaucoup, souffrait souvent. Il était si faible qu'Ornella avait du mal à croire que ce même homme ait pu lui faire autant de mal autrefois.

* * *

Un soir, dans le noir, Jaroslaw glissa sa main sous les couvertures. Il y trouva une peau, chaude et douce. C'était sa fille, Chance, qui dormait là, entre lui et Bella Rossa.

Il laissa ses doigts posés comme ça sur l'enfant. Jusqu'au matin, il pleura sans bruit, de douleur et d'émerveillement, avec son passé et son présent qui se heurtaient à l'intérieur de lui et ébranlaient son âme avec les grondements secrets d'un cataclysme.

* * *

Un autre soir, Abby ne rentra pas à la congrégation. Elle disparut pendant plusieurs jours, et Bella Rossa dut nourrir Chance au lait de vache. La petite ne s'en porta pas plus mal.

* * *

Lom'Pa ne fut bientôt plus que l'ombre de lui-même. Un vieillard parmi les vieillards dans la grande salle de l'hôpital.

Ornella continuait de le laver, de lui parler. Elle était intarissable : après tout, elle avait quinze ans d'absence à raconter ! Et, quand Bella Rossa la surprenait en train de relater ses aventures, elle restait un moment, cachée derrière le paravent, à écouter.

Les paroles de sa mère lui permettaient de combler les vides, comme dans un puzzle. Mais, en fin de compte, le passé dressait une montagne entre leurs vies, et Bella Rossa savait que, quoi qu'elles fassent, elles seraient toujours des inconnues l'une pour l'autre.

* * *

Une autre nuit encore, Jaroslaw trouva sous les couvertures une peau douce et chaude. Mais ce n'était pas celle de sa fille.

Il frissonna. Et Bella Rossa aussi.

* * *

Abby reparut un matin, à l'aube. Elle rayonnait autant que le soleil de printemps qui s'était installé sur la ville.

– Je pars, annonça-t-elle. J'ai trouvé une place dans une troupe. Le directeur est fou de moi. Comme disait ma pauvre mère, une Stampton doit savoir saisir sa chance quand elle se présente !

« Saisir sa chance ! » Elle se mit à rire à cause de ce jeu de mots involontaire. Mais sa chance à elle, ce n'était pas cette petite fille qui s'agitait sur la couverture. Sa chance à elle était ailleurs, sur les routes, dans les cabarets et les opéras.

Elle rassembla ses affaires, embrassa sa fille sur le nez, remercia Bella Rossa pour tout, et, dans un froufrou de robes, elle quitta la cellule.

– Et Bichon ? sursauta Jaro en réalisant qu'Abby avait oublié son ridicule roquet.

Mais elle était déjà loin. Cette fille n'avait décidément pas de tête.

* * *

L'unique lit, laissé par Abby, devint un lieu magique. Bella Rossa s'y couchait après avoir bercé Chance, qui s'endormait sur une des deux paillasses. Et puis Jaroslaw s'y glissait à son tour.

C'était magique, car Bella Rossa ne l'envoyait pas balader.

Elle ne disait rien. Elle souriait peut-être un peu dans l'obscurité. Et Jaroslaw, timidement, retrouvait les chemins extraordinaires qui menaient jusqu'à ses seins.

Le matin, en ouvrant les yeux sur le visage paisible de Bella Rossa, il se demandait s'il méritait d'être heureux comme ça.

* * *

Lom'Pa mourut au milieu du printemps.

Il s'était peu à peu effacé, jusqu'à son dernier souffle.

Bella Rossa, Jaro et Ornella réunirent difficilement de quoi payer un enterrement. La cérémonie eut lieu sur une colline, en surplomb de l'océan, par une journée de vent qui faisait voler les chapeaux.

Ornella ne prononça pas un mot de sa Bible, par respect pour cet homme qui s'était contenté de vivre sans attendre quoi que ce soit de l'au-delà, et qui ne jurait que par les choses terrestres.

Bella Rossa fixa longuement le cercueil. À quoi se résumait donc une existence ? Lom'Pa était né dans un trou perdu au milieu du Continent, et voilà qu'il finissait dans un autre trou. Avait-il été heureux entre ces deux trous ? Avait-il trouvé un sens à cette suite de petits événements calamiteux qu'était sa vie ? Tout cela lui semblait immensément triste et décourageant.

La pépite de plomb se manifesta brutalement dans ses entrailles. En la voyant pâlir, Jaro s'empressa d'enrouler son bras autour d'elle.

– Lom'Pa a eu une bonne vie, dit-il pour la consoler. N'importe quel homme qui vit près de toi peut dire qu'il est heureux. Il suffit de te voir pour que tout soit beau.

Bella Rossa ne crut pas un mot de ce discours de bonimenteur. Elle avait l'impression que tout se délitait autour d'elle : la famille, l'argent, même les objets fichaient le camp. Jaroslaw lut peut-être dans ses pensées, car il murmura :

– Je suis là.

Elle soupira. Elle devait bien admettre que c'était vrai. Le sergent Modrzejewski, manchot et coureur de jupons de son état, était encore debout à ses côtés. Bella Rossa aurait tant aimé pouvoir enfin se reposer sur lui. Le pouvait-elle ?

La suite lui apporta une forme de réponse.

Chapitre 38

Après l'enterrement de Lom'Pa, Bella Rossa fut atteinte d'un mal étrange. Elle passa les semaines qui suivirent enfermée à la congrégation, allongée sur le lit, sans force. Elle pleurait souvent, s'endormait à n'importe quelle heure de la journée et traînait sa carcasse comme une vieille. Elle avait tout juste assez d'énergie pour nourrir Chance et lui chanter quelques berceuses.

Jaroslaw couvait ses deux femmes avec un orgueil farouche. Pour une fois qu'il se sentait indispensable ! Lorsque Bella Rossa enrageait de n'être plus bonne à rien, il lui disait : « Repose-toi, tu en as assez fait pour nous. Je suis là. Toi et la petite, vous ne manquerez de rien. »

Il travaillait tous les soirs au casino. Plusieurs fois par semaine, il s'arrangeait pour rapporter des fruits, un morceau de viande, dont il faisait également profiter Ornella.

Parfois, Bella Rossa n'avait même plus le courage de tenir le biberon pendant la tétée. Alors c'était Jaro qui prenait Chance sur ses genoux et qui lui présentait la tétine. Jamais il n'avait fait une chose pareille pour Jacek, Dorota et Lorenz, car ils avaient grandi suspendus aux mamelles de Wanda. Ce qu'il aimait pardessus tout, c'était le sourire de Chance quand elle était rassasiée.

Pourtant, au fil des semaines, comme l'état de Bella Rossa ne s'améliorait pas, Ornella s'inquiéta et proposa à Jaro d'aller chercher un médecin de sa connaissance.

– Pour quoi faire ? s'étonna-t-il. Elle est triste et fatiguée, mais pas malade. Je la connais. Je l'ai vue surmonter des épreuves bien plus grandes. Il lui faut du temps.

Ornella pinça les lèvres. Elle n'était pas d'accord, mais après tant d'années d'absence il aurait été déplacé de faire valoir son statut de mère. Elle renonça donc au médecin, se contenta de rendre des visites régulières à sa fille et d'allumer des cierges dans la chapelle de la congrégation.

Trois mois s'écoulèrent ainsi, dans la lenteur et le sommeil. C'était pour Bella Rossa une manière d'hiberner, de se purger d'une fatigue gigantesque et de toutes ces années passées à trimer sans relâche.

Un beau matin, vers la fin de l'été, elle se réveilla et regarda les rayons du soleil qui s'étiraient sur le plafond de la cellule. Un rêve qu'elle avait fait lui restait en mémoire et la laissait songeuse. Elle posa les mains sur son ventre, puis, pour chasser le rêve, elle se redressa. Elle avait envie de sortir, d'aller marcher au bord de l'océan, de respirer l'air.

Elle secoua Jaroslaw.

– J'en peux plus, d'être enfermée, lui dit-elle. Emmène-moi ailleurs.

Il sourit. Il avait attendu ce moment avec une patience délicieuse et secrète.

– C'est prévu, dit-il.

– Qu'est-ce qu'est prévu ?

Jaro se pencha et lui embrassa le cou, le front, la bouche. Il lui expliqua qu'il ne souhaitait pas passer le restant de ses jours à faire le croupier dans un casino, qu'il s'y ennuyait terriblement.

Bella Rossa fronça les sourcils :

– On t'a fichu dehors, c'est ça ?

– Pas du tout. Mais j'ai bien réfléchi. Un jour, tu m'as posé une question et je n'avais pas la réponse. C'était sur la colline de Rich Hill, à la sortie de la banque, tu te souviens ?

Bella Rossa contempla de nouveau le plafond. Dans les rais de lumière, la poussière voltigeait lentement.

Depuis toute petite, elle aimait regarder ces fines particules suspendues dans le vide.

– Tu te souviens de ta question ? insista Jaro.

Elle s'en souvenait ; elle hocha la tête.

– La vie serait triste si on ne cherchait pas des réponses aux questions importantes, dit encore Jaroslaw.

Il se leva d'un bond, alla fouiller dans les poches de sa veste, en tira une liasse de paperasses, et revint s'agenouiller devant Bella Rossa. Il lui tendit les papiers.

– J'sais toujours pas lire, lui rappela-t-elle avec une pointe d'amertume.

Il déplia les feuillets et les étala sur les draps. En haut de chaque page était dessiné un bateau. Un gros bateau flottant sur des vagues grises, et qui crachait par ses cheminées la fumée épaisse des longs-courriers.

– J'ai payé deux places et une surtaxe pour Chance, annonça Jaroslaw. Je ne crois pas qu'Ornella voudra quitter la congrégation. On peut emmener Bichon si tu veux. En revanche, je ne sais pas quoi faire du cheval. On ne peut pas l'embarquer avec nous sur l'Océan... Il faudra lui rendre sa liberté.

Bella Rossa le dévisageait avec stupéfaction.

– Tu ne veux plus savoir ce qu'il y a de l'autre côté ? s'inquiéta-t-il.

Elle rassembla lentement les dépliants :

– T'as vraiment payé ?

Il hocha la tête :

– Nous n'aurons plus grand-chose après ça, c'est vrai, mais je n'ai pas peur. Et toi ?

Bella Rossa jeta un coup d'œil vers Chance, qui dormait en suçant son index. Elle était perplexe. Depuis quelque temps, Jaroslaw ne cessait de la surprendre. Il se montrait joyeux, attentif, patient... et voilà qu'il faisait des projets d'avenir ! Il y avait de quoi se méfier.

Elle le regarda de travers en repensant à ce rêve qui l'avait réveillée et qui continuait de la troubler. Et si, enfin, le bonheur se présentait ?

– J'sais pas si tu t'rends compte qu't'es la pire des calamités qui m'est jamais arrivée.

Avec un peu de malice, Jaroslaw demanda :

– Ça veut dire que tu tiens à moi, c'est ça ?

C'était ça. Mais Bella Rossa, avec sa fierté mal placée, se contenta de hausser les épaules et de dire :

– Quand est-ce qu'on part ?

Chapitre 39

Ainsi, leur voyage n'était pas terminé. Le Continent avait beau s'arrêter là, au pied des collines, et se noyer dans la mer, ce n'était pas un obstacle suffisant pour empêcher Bella Rossa et Jaroslaw de poursuivre leur route.

Ils étaient des vagabonds. Ils appartenaient à ce peuple des migrants qui, ici ou là, trimbalent leurs désirs, leurs misères, et cherchent à se délester des fardeaux de l'existence.

Leur amour se nourrissait du vent de la course et de l'espoir qu'ailleurs la vie serait plus douce. Ce n'était pas un amour destiné à prendre racine dans un sol et à s'abriter entre les murs d'une véritable maison. Il lui fallait de l'horizon et l'air du large ; Jaroslaw l'avait compris. Par la suite, peut-être séduirait-il encore une ou deux filles – il aimait tant jouer ! – mais si dans ce genre de poker il devait perdre Bella

Rossa pour de bon, alors non. Ce jeu-là n'en vaudrait pas la chandelle.

Pour l'instant, il préférait ne pas penser à l'avenir en détail et, lorsqu'il monta à bord du bateau, avec Chance calée au creux de son bras, il se contenta de sourire parce qu'il était heureux.

Ce jour-là, Rich City était en liesse : on célébrait l'arrivée du premier convoi de chemin de fer, qui traversait désormais le Continent de part en part comme une flèche d'Indien. Sur les collines, entre les fils du télégraphe, les drapeaux et les banderoles flottaient au vent. Les calèches encombraient les avenues et une foule joyeuse se pressait vers la gare. Dans toute la région, on n'entendait parler que du train ; Jaroslaw se disait que c'était le jour idéal pour prendre le bateau.

Discrets, ils s'en allaient, laissant à d'autres le soin de bâtir des civilisations pleines de locomotives, de baignoires et de fermetures glissantes.

Derrière lui, Bella Rossa peinait à gravir la passerelle brinquebalante. L'immense fatigue qu'elle avait ressentie ces derniers mois venait de trouver son explication : contrairement aux prévisions du chirurgien militaire, mais conformément à ce rêve qui l'avait tant troublée, elle attendait un enfant. Une pépite d'enfant. Appelez cela comme vous voudrez – miracle ou calamité –, une chose était sûre : cet enfant verrait le jour de l'autre côté de l'Océan. Et puis, il saurait lire ! Bella Rossa s'était juré qu'il n'aurait pas une croix en guise de signature.

Elle venait de franchir la passerelle lorsqu'elle entendit crier son nom. Elle se retourna : sur le quai, deux hommes en vestons cintrés et cravates de soie fendaient la foule des voyageurs en agitant les bras dans sa direction.

– Mademoiselle Rossa ! Attendez !

Leur accent français la fit immédiatement sourire. Elle se pencha au bastingage. Eugène et Hippolyte Nachon, leurs appareils à trépied sous le bras, se dépêchaient de la rejoindre.

– Nous avons failli vous rater ! s'exclama Eugène.

– C'eût été impardonnable de notre part ! ajouta Hippolyte en s'épongeant le front avec son mouchoir.

Arrivés depuis quelques semaines à Rich City, ils l'avaient cherchée un peu partout jusqu'à ce qu'un industriel morose les renseigne, le matin même, à son sujet. Entre-temps, ils s'étaient fait embaucher par un journal pour réaliser un reportage photographique sur le train. Ils étaient pressés ; on les attendait à la gare.

– Pourtant, nous ne pouvions pas manquer à notre promesse, déclara Eugène.

Aussitôt, Hippolyte sortit d'une poche de son veston un rectangle de papier un peu corné.

– Vous êtes bien plus magnifique en réalité que sur la photographie, sourit-il en la tendant à Bella Rossa. Mais acceptez, s'il vous plaît, ce cadeau en souvenir de notre rencontre.

Bella Rossa saisit délicatement la photographie entre son pouce et son index. Elle contempla les trois visages fixés sur le papier : le sien, radieux et fier, celui de Jaroslaw qui retenait un fou rire, et enfin la figure vivante de Lom'Pa qui, juché sur son tonneau, écarquillait les yeux.

Elle se mit à trembler. Le souvenir de ce matin de vent, là-bas, au milieu des Grandes Plaines, lui apparaissait avec tant d'acuité qu'elle en était bouleversée.

– Merci, dit-elle d'une voix étranglée.

Les frères Nachon soulevèrent leurs chapeaux. Ils devaient filer, maintenant. Ils lui souhaitèrent bon voyage, adressèrent un signe amical à Jaroslaw et dévalèrent la passerelle.

– Et vos Indiens ? leur cria Bella Rossa alors qu'ils s'éloignaient déjà sur le quai.

Ils ne l'entendirent pas. Elle les vit disparaître, marchant à grandes enjambées vers l'événement qu'ils devaient immortaliser. Alors, le cœur gonflé d'espoir, la main crispée sur la précieuse photographie, elle rejoignit en soufflant Jaro et Chance qui l'attendaient à l'avant du paquebot. De là, ils firent des signes d'adieu à Ornella Bonini et à Bichon.

Le cheval, quant à lui, était resté à la congrégation. Impossible de le faire décamper de là !

C'était vraiment un drôle de cheval.

Cet ouvrage a été mis en pages
par DV Arts Graphiques à Chartres

Impression réalisée sur CAMERON par

BRODARD & TAUPIN
GROUPE CPI

La Flèche
en septembre 2005

pour le compte des Éditions Bayard

Imprimé en France
Dépôt légal : septembre 2005
N° d'impression : 30903